Skrivbordspedagogen river i

Ännu en kritisk bok om lärarnas arbetsmiljö

Roberth Nordin

© Roberth Nordin 2017
Förlag: BoD – Books on Demand, Stockholm, Sverige
Tryck: BoD – Books on Demand, Norderstedt, Tyskland
ISBN: 9789176997345

Till er alla som varje dag kämpar med undervisning i Sveriges alla skolor där ni levererar välfärd till reapriser.

Ni är fantastiska.

FAQ

Behöver jag läsa första boken först, före jag läser denna bok som inte är först?

> Nej, det finns ingen logisk struktur i någon av böckerna. Har du läst en av böckerna har du läst dem båda. Samma budskap, samma ironi och samma tjat om bättre arbetsmiljö.

Är verkligen allt som står skrivet i boken sant?

> Nä, boken är inte en tio kilos doktorsavhandling som på detaljnivå har studerat svensk skola de senaste 20 åren. Allt du läser är åsikter överdrivna med hjälp av ironi. Tyvärr anser sig många uppfatta ett visst mått av sanning när allt trams och gnäll skalats av.

Är det verkligen smart lyfta allt elände i skolan. Vem vill bli lärare då?

> Nej, förmodligen inte. Men det är samtidigt inte så smart att låtsas att allt är bra. Något måste göra åt den dåliga arbetsmiljön inom skolan. Och jo, det finns massor av klasser, skolor och kommuner där det funkar riktigt bra. Men det hjälper inte de skolor där arbetsmiljön är dålig.

Boken ger intrycket av att författaren inte riktigt är nöjd med läraryrket. Vore det inte bättre att byta yrke än att skriva en bok?

Läraryrket är ett fantastisk yrke och värt att kämpa för. Dålig arbetsmiljö är ingen naturlag omöjlig att utmana eller en helkroppstatuering omöjlig att tvätta bort. Arbetsmiljön går att förändra. Att skriva om det kan vara ett sätt att försöka förbättra.

Gnällmentaliteten känns lite väl hög i boken. Finns det verkligen inget positivt med läraryrket?

Jo då, massor. Läraryrket är som sagt fantastiskt. Men när du är halt och uppsöker hälsovården går doktorn knappast igenom allt som fungerar fantastiskt i din kropp. Fokus ligger inte på dina strålande levervärden. Foten, knät eller benet undersöks, fel upptäcks och åtgärdas. Se boken som en diagnostisering av skolsystemet.

Jag förstår ärligt talat inte poängen med boken. Vad är budskapet? Lärare slutar tidigt på dagarna, har sommarlov och får lön. Vad är egentligen problemet?

Läs fyra år på universitet, jobba några år i svensk grundskola och försök fostra en generation så trillar nog poletten ner.

Förord

En bok till? Är det verkligen en ny bok? Ny färg men samma innehåll? Ska det behövas?

Nja, egentligen inte. Det mesta som behöver sägas om arbetsmiljön i skolan räcker nog till en bok, en ganska tunn bok dessutom. Negativa adjektiv finns trots allt i begränsat antal. Samtidigt fanns det en hel del texter som låg och skräpade i den digitala världen bortglömda i någon serverhall. I ett försök att skaka liv i dessa texter blev det en bok till.

Liksom med materialet till förra boken kändes det inte lönt att skicka in manuset till något seriöst bokförlag, inte till något oseriöst bokförlag heller för den delen. Någon korrekturläsning av professionell karaktär har inte förekommit Boken får betraktas som en egenhändigt renoverad sommarstuga. Trots lite skavanker funkar den. Grammatiska frivolter och eventuella stavfel ingår i köpet.

Håll till godo.

Roberth Nordin

Superhjälteläraren...

...kan se om eleven behöver gå på toaletten eller tänker leva rövare i korridoren.

...kan stoltsera med en blåsa som imponerar även bland djurrikets större däggdjur.

...kan äta lunch, dricka kaffe, och kopiera läxförhör på under 20 minuter.

...kan plåstra om, knyta skosnören och avstyra ett bråk samtidigt.

...kan trolla med knäna samtidigt som hen går på dem.

...kan hitta något positivt hos varje elev trots att några har en uppfostran från

...kan jobba ett 12-timmarspass, kliva upp dagen efter och möta eleverna pigg och glad.

...kan uppvisa större tålamod än vad som krävs för att tjata omkull en tall.

...kan sitta på möten, se intresserad ut och samtidigt planera nästa dag.

...kan dokumentera ryggen fri utan att det stjäl planeringstid.

...kan hantera fler diagnoser än vetenskapen känner till, och samtidigt undervisa i helklass.

...kan vända en kommunal nedskärning till en fantastisk utmaning.

...kan med charm, len röst och desperation få en krånglande kopieringsmaskin att kopiera.

...kan med hot, våld och desperation få en krånglande kopieringsmaskin att kopiera.

Passar beskrivningen in på dig? Då har du antagligen en skev självbild eller nära förestående sjukskrivning på gång.

Sex nya yrkestitlar för lärare, vilken har du?

Lektor
Belästa, utbildade och forskningsdugliga. Har förmodligen fler universitetspoäng än vad som är hälsosamt. Även om doktorsexamen inte behövs är lektorerna de vassaste besticken i den akademiska besticklådan. De är pedagogiska spjutspetsar inom sitt gebit och kan rabbla samtliga tjeckiska 1800-tals-pedagoger som betytt mest för hela östblocket. Viss undervisning förekommer även om vetenskapligt studium ligger högst på agendan.

Förstelärare
Legitimerade, på hugget och riktiga superpedagoger som sprider sina pedagogiska gärningar till kollegiet i käcka ordalag. Någon tid för utförande av pedagogiska hjältedåd finns sällan. Men eftersom det finns sju kvällar och en söndag varje vecka är det inget problem. Att sitta lite vid sidan av i fikarummet, hänga lite för mycket med chefen och leda möten med tvångsinkallade kollegor är förstås ingen höjdare men det kan det vara värt. 5000 kr är inte småpengar för en strävsam pedagog.

Andrelärare
Särskilt skicklig lärare, en smula bättre än den övriga lärarpöbeln och en viktig resurs i lönestatistiken. Genomsnittet ser bra ut även om majoriteten går miste om löneökning. De flesta lärare kvalificerar sig till denna grupp, men alla får inte plats på lönelistan.

Sistelärare
Före detta ambitiösa och hårt arbetande slitvargar till lärare. Letar fortfarande efter den borttappade motivationen och den förlorade värdigheten. Visst det vara nära, och jo de flesta var kvalificerade, men

alla kan ju inte bli andrelärare. Om det är otur, kommunens godtycklighet eller bara pedagogisk försumlighet får vi aldrig veta.

Lärarassistent
Istället för att åtgärda arbetsmiljön för lärare anställs assistenter. Utbildning krävs inte, men nykterhet och rent polisregister är ett måste. Deras uppgifter är något diffusa. Kommunen ser helst att de tar över så mycket som möjligt av lärarens arbetsuppgifter. Då kan de arma pedagogerna undervisa än mer. Så någon massage av lärarfötter lär det inte bli tal om.

Obehörig
Outbildade, men nyktra och ostraffade. De är vuxna, billiga i drift och lämpliga, samtidig som de gör en stor insats för att fylla luckorna i lärarleden. Lönen är låg men arbetsuppgifter omfattar sällan betygssättning, dokumentation eller maratonmöten. Riktiga vinstmaskiner för kommunen.

Så fixar vi världens bästa skola

Kommunen
Släpp taget om skolan. 40 000 hobbypolitiker, lika många viljor och ett otal risiga kommunala budgetar känns inte som ett bra recept för en likvärdig skola.

Skolinspektionen
Lägg ned och gör något annat. Kontrollera parkeringsavgifter, kontrollera dokumentationen hos statliga verk eller kontrollräkna landets tallbestånd. Om ni nödvändigtvis måste kontrollera skolor; kom med konstruktiv kritik, lösningar och glada tillrop. Ett eventuellt större statligt ansvar gör förmodligen myndigheten överflödig.

SKL
Ta upp huvudet ur sanden och sluta sopa problemen under mattan. Visst, det finns goda exempel att lyfta, men vad hjälper det alla lärare vars nerver vibrerar på utsidan på grund av den dåliga arbetsmiljön.

Staten
Ta ansvar, ta sig i kragen och ta över skolan. Lägg ideologier, partibråk och egon åt sidan och samarbeta för en bättre skola. Visst är det skönt att dumpa ansvaret på kommunerna och ha någon att skylla på när reformerna inte riktigt blev som det var tänkt. Men ett skolsystem där alla skyller på alla och där ingen kan stava till ansvar är ingen höjdare, om du inte är politiker förstås.

Skolverket
Släpp ideologierna, sparka tjänstemännen och gå ut i skolorna och kolla vad som fungerar. Försök inte att förklara lgr11 med instruktionsfilmer och fina färgbroschyrer. Läroplanen är en enda akademisk gegga med godtyckliga och svårtolkade floskler. Skriv om och skriv rätt. En likvärdig skola med lgr11 finns inte.

Rektorerna

Var tydlig. "För denna summa pengar får kommunen det här. Varken mer eller mindre." Istället för "Nedskärning, ingen fara, vi springer bara fortare. Se vad duktiga vi är."

Lärarna

Säg nej, nej och åter nej. Du är inte duktigare ju större klass du har, ju fler diagnoser du kan hantera eller hur många uppgifter du tar på dig.

Så förbereder du dig inför skolstarten

Träna upp blåsan
Sommarens lata dagar med spontana toalettbesök och ohämmat vätskeintag är över. Börja redan nu att se över rutiner för intag av drycker, toalettbesök och fikapauser.

Krångla med tekniken
Nog har det varit skönt med slösurfande i hängmattan utan komplikationer. Till och med tv-mottagaren har fungerat klanderfritt. För en mjuk övergång till den hårda digitala verkligheten kan du: lägga en blöt filt över din router och försök hitta igen ditt internet, gå ned till det lokala biblioteket dra ur sladden ur kopieringsmaskinen och försök kopiera en klassuppsättning instuderingsfrågor, gärna dubbelsidig med häftning.

Bygg upp kaffeberoendet
Ett kaffeberoende är inget du får gratis. Det är något du måste jobba dig till. Under sommaren är kaffet ett njutningsmedel, när du jobbar en drog för överlevnad. Brygg en rejäl panna redan från morgonen, låt den svalna och drick det ljummet. Självklart bör du går runt med kaffekoppen, gärna småspringa.

Krångla med program
Facebook, väder-appar och tvättmaskinens tvättprogram har varit dina största digitala utmaningar under sommaren. Snart är det dags att omfamna kommunens dokumentationsprogram med all den frustration och huvudvärk det innebär. Mildra chocken genom att ladda ned och jobba med något svårstavat program för it-ingenjörer, gärna på ett främmande språk.

Ät snabbt

Träna upp dina lunch-skills. Sommarens långluncher är definitivt över. Allt under 20 minuter är ett misslyckande. Självklart ingår kaffe med påtår på den tiden.

Jobba på söndagar

Sitt upp några söndagar och...

Eller också säger du ifrån. Ingen har nytta av en utbränd lärare som ligger hemma och knaprar piller.

Klasstorlek

SVD:s ledarsida påstår att klasstorleken saknar betydelse. Stämmer det?

JA! Du behöver inte många års erfarenhet för att komma fram till den bittra sanningen att det är antal diagnoser och antal barn med extra anpassningar som prövar dina nerver inte antal personnummer på klasslistan.

NEJ! Varje elev genererar en viss mängd pappersjobb. Ju fler elever i klassen desto större pappershögar som i sin tur leder till färre planeringstimmar.

JA! Är du skicklig lärare spelar storleken ingen roll. Ju skickligare lärare desto fler elever kan kommunen stoppa in i ditt klassrum. Inget en förstelärare gnäller om.

NEJ! Plåstra om, trösta, stötta och hjälpa är svårt i helklass. Ju större klass desto längre kö till din uppmärksamhet.

JA! Ingen lärare i Asien kliver upp på morgonen för mindre klasser än 100 elever. Och de ligger i topp i PISA-mätningarna. Bara en sån sak.

NEJ! Med de individualiseringskraven som finns i skolan och den egofixeringen som finns i samhället bör undervisningen helst ske en till en. Inget som funkar i stora klassar.

JA! Storskalighet funkar i industrin där kvantitativa synergieffekter vid större enheter är märkbara. Självklart funkar det även i skolan.

NEJ! Klasstorlek har stor betydelse, för ekonomin. Ju fler skolpengar du kan trycka in ett klassrum desto bättre ekonomi.

Välkommen till Pepp 2017

Motivationskonsulten tillika glädjecoachen Klas Engman och kommunen bjuder in till en heldag i positivt tänkande Klas har många års erfarenhet av coachning, team building och pepp management consulting. Han är en drivande kraft bakom tankesmedjan "Le, jobba och var glad" samtidigt som han är entreprenör ända ut i fingerspetsarna. Klas är en populär och flitigt anlitad föreläsare, samt en baddare på att fakturera.

Kommunen, Klas Engman och hans konsultfirma ser framemot att träffa just dig. Fika och inskrivning 08:00 - 08:30. Därefter föreläsningar, workshop och seminarium i ett rasande tempo fram till 17:00.

Punkter på Pepp 2017

Så hittar du motivationen trots att du inte fick ta del av den extra lönesatsningen.

Så vänder du en budgetnedskärning till något positivt.

Så förvandlar du problem till utmaningar, kris till möjligheter och en klass på 35 elever till ett rent nöje.

Så hanterar du stress med ett leende på läpparna och utan sjukvårdens hjälp.

Så vänder du din gnällmentalitet till en positiv ja-anda.

Så orkar du mer genom att hitta din vilja till att orka.

Så övervinner du ångest, hjärtklappning och högt blodtryck med positivt tänkande.

Så blir du en drivande inspiratör i ditt arbetslag på sena kvällsmöten.

Så hittar du sinnesro, egentid och en hälsosam stressnivå utan att behöva lås in sig på toaletten.

Väl mött. Och du! Glöm inte att ta med det glada humöret.

Så löser vi problemen i skolorna

Stökiga klasser
Arbetsro, harmoni och någon form av arbetsglädje utan hörselskydd och vadderade väggar är en viktig faktor för inlärning. Ingen arbetsro ingen inlärning. För att komma till rätta med problemet finns bara en väg att gå. Skicka lärarna på ledarskapsutbildningar och kvällskurser med fördjupning av samtliga diagnoser för vetenskapen både kända och okända. Krydda åtgärderna med obegränsade mängder av handledning för lärarna.

Kunskapsras
Onekligen ett genant problem för ett land som gärna vill titulera sig som kunskapsnation. Ett tungt batteri av åtgärder krävs för att komma till rätta med problemen. Utbilda lärarna genom diverse kunskapslyft. Ju mer utbildning desto bättre. Lärarnas tid för fortbildning är redan intecknad av andra arbetsuppgifter. Ett mindre problem eftersom det finns massor av planeringstid att ta av.

Betygsinflation
Kunskaperna går ned och betygen går upp. Rimmar illa för ett land som har bildning som främsta konkurrensmedel. Höga betyg ger inga inovationer. Problemet är dock lätt att åtgärda. Fler kurser, möten och andra tvivelaktiga sammankomster där lärarna lär sig att tolka kursplanerna rätt. Samrättning, sambedömning och sammanbrott för samtliga lärare. Skulle lärarna trots allt inte göra rätt korrigeras det lätt med nationella prov.

Sjukskrivningar
Lärare som inte dyker upp på skolan är naturligtvis inget som gagnar inlärningen. Innan lärarna får huvudvärk och stannar hemma bör rejäla

utbildningspaket till lärarna genomföras. Stresshanteringskurser, mindfulness och yoga är kraftfulla åtgärder som garanterat bidrar till lärarnas goda hälsa.

Lärarbristen

Gnällmentaliteten inom lärarkåren gynnar ingen. En massiv utbildningskampanj där lärare lär sig att ta av sig offerkoftan och se positivt på yrket. En positiv syn på läraryrket gör yrket populärt igen.

Vecka 44

Vecka 44 närmar sig. Tid för återhämtning, tid för att slicka såren och tid för omgruppering inför andra halvan av terminen. Kommunen ordnar inspirationsdagar så att du inte glömmer bort att vara glad, tacksam och resultatfokuserad.

Samtidigt står en uppsjö av föreläsningar till buds. Alla lockar med fantastiska lösningar på alla dina pedagogiska problem, inklusive kärringknutarna på dina datorsladdar. Allt blir bra. Alla elever lär sig läsa, alla elever når målen, tågen börjar gå i tid och det blir fred på jorden. Bara du inser att allt du gjort de senast 20 åren är stolligheter, bara du köper det nya konceptet och följer det slaviskt och bara du okritiskt säljer din själ till den för stunden rådande pedagogiska religionen. Då kommer allt att bli bra.

Några möten hinner du också med. Det är nu skolutvecklingsarbetet ska intensifieras, styras upp och dokumenteras. Resultaten ska upp, personalkostnaden ned och kundnöjdheten ska slå i taket. Bara du får ned allt på finaste papper i fyrfärgstryck tillsammans med några väl genomarbetade floskler kommer alla drömmar att gå uppfyllelse. Dokumentera, skriv och plita ned.

Eller också är vecka 44 en vecka då du kan få ned blodtrycket på hälsosamma nivåer, träffa kollegor och njuta av kaffe på raster som räknas i minuter och inte i sekunder.

Ta det lugnt, varva ned och ta hand om dig.

Så skrämmer du en lärare

Lärare i svensk grundskola är inte lättskrämda men det finns några saker som sätter skräck i lärarkåren.

Klä ut dig till skolinspektionen och hota med en fullständig granskning av all dokumentation från de senaste 10 åren.

Klä ut dig till servicetekniker och öppna alla luckorna på kopieringsmaskinen en halvtimme innan lektionerna börjar på morgonen. Sucka och skaka på huvudet.

Klä ut dig till servicepersonal från det lokala företaget som levererar kaffe. Snålställ kaffemängden och fyll på med koffeinfritt kaffe. Höj priset till 10 kr koppen.

Klä ut dig till en av kommunens it-tekniker från supporten. Gå runt på skolan, döm ut hela datorparken och släck ned wifi-uppkopplingen. Be personalen maila it-supporten för uppgradering av den felaktiga programvaran.

Klä ut dig till vinterkräksjukan, dyk upp dagen innan ett lov och stanna inte hemma i 48 timmar.

Klä ut dig till en femsidig blankett som reglerar någon luddig bestämmelse från kommunen.

Klä ut dig till ett kommunalt beslut och be alla att öka måluppfyllelsen med minskade resurser till förfogande. Var tydlig med att ev. misslyckanden ligger på läraren.

Fast det är tveksamt om du lyckas. En lärare skrämmer man inte så lätt.

Sex nya skäl till varför lärare INTE ska ha högre lön

Utflykter
Lärare får komma ut och njuta av skog och mark. Att sitta på en stubbe i skogen en hel dag och mumsa kommunal korv är ingen merit i lönesamtalet.

> *Utflykt i skogen med en skolklass är som att åka ut på Nordsjön en kall novemberdag och släppa ut 30 badankor. Försök att hålla ordning på dem, medan du själv guppar omkring i en livboj, så får du se hur roligt det är med utflykter.*

Gratisluncher
En vanlig knegare måste hosta upp 80 riksdaler för en anständig lunch. Lärare snyltäter för surt förvärvade skattepengar som hederligt folk har arbetat ihop. Sånt borde ge förmånsskatt, löneavdrag och fotboja, inte högre lön.

> *Med samma logik borde konduktörer betala färdbiljett, guider på museum entrébiljett och brandmän vattenavgift. Att slänga i sig mat samtidigt som du fostrar barn till att äta broccoli är inget någon vill betala för.*

Jobbar de mer för mer pengar?
Blir lärare verkligen bättre på att undervisa med en fetare plånbok? Visst, vi slipper gnället, men blir undervisningen bättre?

> *Nej, undervisningen blir nog inte bättre på kort sikt. Men de arma pedagoger som har arbetsförmedlingens hemsida som startsida på sina datorer kanske stannar i yrket lite längre.*

De dåliga resultaten
Lärarnas lönekurva bör följa PISA-resultaten, rätt ner i källaren.

Finns viss logik i resonemanget, men då borde lönerna smulas sönder för tjänstemännen på SKL och skolverket, politiker och alla kvacksalvare till forskare som lurar på skolor tveksamma arbetsmetoder.

Finanskris
Lärares lönekrav kommer att skapa en ny global finanskris av bibliska dimensioner när alla andra också vill ha högre lön. Räcker det inte med Ebola, Ukrainakris och krig i Mellanöstern. Ska lärarna börja krångla nu också?

Lärare kräver inte högre lön än någon annan med likvärdig utbildning. Ambitionen är snarare att komma ikapp i löneligan. Studentlivets glada dagar ger förvisso fina minnen, men för en pedagog är det en ren förlustaffär.

Lov
Lärare har sommarlov, jullov, sportlov, påsklov och höstlov samtidigt som de går hem vid lunch. Börja jobba heltid så kan vi börja prata lön!

Jodå, denna vanföreställning lever kvar i allra högsta välmåga. Många kan vittna om hur de har sett lärare smyga hem medan det ännu är ljust. För dig som fortfarande inte begriper hur många timmar en lärare jobbar finns inget mer att säga än: fortsätt lev dit liv med en hink över huvudet, för du blir nog rädd för all kunskap du skulle möta utanför hinken.

Datakrångel

Hypernet, Schoolsoft, Unikum, Untis, Dexter, Heroma, edWise, Infomentor, Citrix och Fronter. Kärt barn har många namn. De är komplicerade, tidskrävande och blodtryckshöjande. De ska förenkla administrationen som ingen vill ha, hålla läraren i handen när tsunamin av papper och pärmar dränker vardagen, samt hålla skolinspektionen på ett behörigt avstånd. Datasystemen som invaderat skolorna finns i otaliga varianter och former. Alla tycks ha en sak gemensamt; att ytterligare öka farten på lärarnas färd mot kaklet.

Några smarta företag har hittat en ny inkomstkälla. En nytt sätta att mjölka kommunen på sköna slantar. Den växande administrationen, som ingen varken vill ha eller har råd med, har skapat ett helt ny marknad. Kommunerna möter företagen med öppna armar och sväljer koncepten med hull och hår. Äntligen ett fullgott skydd mot skolinspektionens eviga hackande om ofullständig administration.

Trots att en enig regering och riksdag beslutat att dra ned lite på tempot när det gäller administrationsterrorn ångar kommunerna på i oförminskad styrka. De har för länge sedan sålt sin själ till it-företagen och kan inte backa från den inslagna vägen, även om vilja och insikt skulle infinna sig. Kommunerna har plöjt ner miljoner i inköp, underhåll och licenser. Miljonerna fortsätter att rinna iväg när personalen ska utbildas.

Ytterligare kostnader tillkommer när systemen strular. Att ge upp ett datasystem för skoladministration är som att riva upp en nyanlagd motorväg. Även om motorvägen går mellan Burträsk och Robertsfors. Nä, så det är bara att logga in och tappa ytterligare några gråa hår.

Fem saker en lärare inte vill höra

1. Om vi flyttar ut bokhyllan får vi plats med tre bänkar till. All seriös forskning visar att klasstorlek inte har någon betydelse. Så länge du är en skicklig lärare går det alltid att klämma in några till, och ärligt talat är skillnaden inte så stor. 32 eller 35, ingen kommer märka någon skillnad. **För liten yta och bristfällig ventilation?** Ingen fara, det är skolinspektionen som kommer ut inte jordbruksverket. Hönor har minimikrav på ytor inte barn.

2. De här blanketterna ska du inte se som ännu en arbetsbörda. Se dem istället som hjälp i ditt dagliga arbete. **Hur man fyller i dem?** Det överlåter vi till din profession att utforma. Vi vill ju inte detaljstyra.

3. Lisa har en stark personlighet. Att hon bits är bara ett sätt för henne att uttrycka sin individualitet. Multipla diagnoser får du se som en tillgång i ditt klassrum. Bara du individualiserar undervisningen tillräckligt mycket så kommer det här att gå bra. **Extra resurser?** Självklart, vi ordnar en arbetslös ungdom som kan komma in efter lunch på fredagar.

4. Nu gäller det att vi tänker utanför boxen. Den här neddragningen kan vi fixa. Färre personal och fler elever får vi se som en utmaning, en stor möjlighet. Det är viktigt att vi är positiva och lösningsorienterad. Med gnäll löser vi ingenting. **Trött, nedbruten och utbränd?** Ingen fara, vi har duktiga kuratorer som kan komma till rätta med dina brister.

5. De nya reformerna kräver strukturell omorganisation på alla plan, från kommundirektören ända ned till ditt skrivbord. Alla rektorer får söka om sina tjänster för att optimera tjänstefördelningsvilkoren. Nya enheter bildas och nya stabstjänster skapas. Det blir ett tufft jobb men det är viktigt att vi står rustade inför den föränderliga framtiden. **Har du redan bytt skrivbord och chef två gånger i år?** Bra, då är du flexibel och förändringsbenägen, just de kvalifikationerna vi gärna ser hos personalen.

Fem saker skolan inte är

Reklamationsnämnd
Om ditt barn hittar ett ben i fisken; maila inte till skolan och beklaga dig, och bespara matbespisningen ditt upprörda missnöje. Istället kanske det vore på sin plats att förklara fiskens anatomi för ditt barn, samt informera om att skolbespisningen inte har några Michelinstjärnor och kommer aldrig att få några. Är betygen inte till belåtenhet kanske du ska tänka både en och två gånger innan du mailbombar rektor och lärare, såvida du inte har undervisat ditt barn i ett helt läsår, haft nationella prov och sovit med läroplanen under huvudkudden. Fråga inte vad skolan kan göra för ett bättre betyg. Fråga vad ditt barn kan göra.

Fullserviceinstitution
När du går till tandläkaren behöver du bara luta dig tillbaka, gapa och låta tandläkaren göra resten. Obehaglig upplevelse förvisso men dina insatser utöver att gapa och lufta plånboken är minimala för att inte säga noll och ingenting. Så är det INTE i skolan. Det funkar inte att sätta sig bekvämt till rätta och låta sig undervisas utan egna ansträngningar och tro att man efter nio år är en fullärd akademiker med ingenjörspotential. En bra skola och en bra lärare ger bra förutsättningar men inga garantier för bra betyg.

Drop-in-förvaring
Visst är det skönt att kunna åka iväg på jobbet i trygg förvissning om att ditt barn får passning, mat och lagom doser av frisk luft, och som grädde på moset lite bildning. Och visst är det väl skönt att kunna bryta av den hårda vardagen med en mysdag hemma, en månad i Thailand eller rejäl sovmorgon då och då. Skolan är fin rättighet som vi ska vara stolta över. Nej och åter nej, Skolan är ingen förlängning av förskolan. Och jo, faktiskt, skolan vars uppgift är att utbilda är en skyldighet.

Drivbänk för individualister

Det är ingen kränkning att inte få sin vilja igenom. Och nej, skrika, svära och leva om är inte ett charmigt sätt att uttrycka sin egen unika personlighet. Det kallas för ohyfs. Utbildningen bygger inte på individuella lektioner där varje elev får 100 % uppmärksamhet 100% av tiden. Hur jagfixerad lillplutten än må vara så ingår han i ett sammanhang. Det sammanhanget kallas för klass och kan vara riktigt stort. Läskigt kanske att vara en i mängden, men om du inte tänker bosätta dig i någon norrländsk inlandskommun är det en viktig läxa att lära.

Nöjespark

Visst finns det poänger med att inlärning ska bygga på lust, men det betyder inte att lektionerna är roliga åkattraktioner, den ena roligare än den andra. Det betyder inte att skoldagen måste likna en heldag på Liseberg. Skolan är inget Legoland där det mest ansträngande aktiviteten är att trycka i sig sockervadd. Skolarbetet kan stundtals vara både jobbigt och tråkigt, och det går tyvärr inte att zappa till något lättsammare och roligare.

30 stressiga minuter - livsfarlig lunch

Det går aldrig att underskatta varm mat med tuggmotstånd. En kopp kaffe efter maten ger guldkant på tillvaron. Ett avslappnat samtal med lika avslappnade kolleger efter en god lunch ger livskvalitet på ett högre plan. Trist bara att det inte gäller dig.

-30 minuter
Lektionen är slut. En kopieringsmaskin och 50 meter korridor ligger mellan dig och din lunchlåda. Det ser bra ut.

-29 minuter
Någon har tappat bort sin läxa, någon annan har bekymmer med ett prov och en tredje vet inte riktigt varför han blev kvar i klassrummet. Ingen fara, du har marginalerna på din sida. Du har fortfarande mycket tid kvar på lunchen.

-25 minuter
Med en pärm, rättning och lite kopiering under armen tar du sats och gör ett försök till att forcera korridoren. Naturligtvis dyker vaktmästaren upp efter tre veckors total frånvaro. Var skulle hyllan sitta nu igen?
Korridoren blir en hinderbana med två frågvisa kollegor, en möteshungrande kurator och en okänd vilsen vikarie med förhoppningar om att hitta till rektorsdörren. Och precis som hinderbanorna i det militära ger korridoren puls. Men det finns fortfarande hopp. Mycket tid återstår av lunchen.

-19 minuter
Det ser bra ut, ingen kö till kopieringsmaskinen. Bara några kopior, sen är du framme. Några snabba knapptryckningar och en tyst något desperat bön får dig att hoppas. Varken kopieringsmaskinen eller gud är på humör. Papperstrassel! Ditt ansikte får en rödlätt ton medan tinningarna börja bulta.

-15 minuter

Fikarummet är bara halvfullt, kön till mikrovågsugnen hanterbar och halva lunchtiden kvar. Det här kan gå vägen. Du har hämtat igen värre lunchförseningar än så.

-14 minuter

Inte helt oväntat har den extremt orutinerade nybörjarvikarien, som står före dig i kön, tagit med sig frusen lunchlåda, något som mikrovågsugnar från 70-talet inte gärna samarbetar med. Samtidigt som huvudvärken kommer smygande inser du att det inte blir något kaffe efter maten idag heller. Du låter dig inte nedslås. Multitasking är din paradgren. I kön, innan det är din tur, hinner du planera in en friluftsdag, sortera kopieringshögen och rätta läxförhör.

-9 minuter

Din lunchlåda har åtminstone rumstemperatur när du äntligen får sätta dig. Du förbannar dig själv för att du kvällen innan gjort i ordning köttgryta med högt tuggvärde. Nåja, potatisen går åtminstone att mosa till mindre beståndsdelar för snabbt intag.

–5 minuter

Vid halvfull matlåda ringer telefonen. För andra gången inom av loppet av 5 minuter förbannar du dig själv. Den här gången för att du inte har tagit ut batteriet ur telefonen och stampat på det. Hela ditt väsen, din kropp och ditt sunda förnuft skriker; svar inte! Eftersom din reptilhjärna har för stort inflytande vid den har tidpunkten på dygnet svarar du. En förälder med svart bälte i verbalt judo undrar om det är okej att skicka med chokladkex på friluftsdagen.

-2 minuter

Med telefonen vid örat slänger du maten som envisas med sitt tuggmotstånd. Föräldern mal på och du får ett fint tillfälle att se upptagen ut. Frikort genom korridoren med andra ord.

-1 minut

Du hinner precis till klassrummet innan eleverna börjar droppa in, och innan den siste har satt sig till rätta har du åter stöttat läromedelsföretagen genom dagens andra Losecpiller.

38 000 lärare har slutat och äter nu lunch i lugn och ro (enligt lärarförbundet).

Det behöver inte vara så här! Dags att lyfta arbetssituationen.

Analys av lärarbristen

Lärarbristen smyger sig på och är inte längre någon avlägsen statistisk prognos eller någon maffialiknande propaganda från facket. Politiker och chefer i olika valörer inom kommunen gnuggar yrvaket sina ögon. Hur kunde det bli så?

Kommunen har spekulerat fram två orsaker:

Stora pensionsavgångar
Vem kunde ana det? Att folk skulle gå i pension. Det var det ingen som sa något om. Där blev vi tagna på sängen. Vi har faktiskt ingen spåkula på kommunhuset.

Eller också kan man läsa på lite om den svenska ålderspensionen. 1976 sänktes pensionsåldern till 65 år. Anställer du en lärare kan du tämligen exakt på dagen räkna ut när denne beräknas lämna in pekpinnen. 40 års förvarning med andra ord.

Stora barnkullar
Helt plötsligt står det en hoper ungar och bankar på skoldörren. Man kan väl ändå inte mena att kommunen ska hålla koll på vad som händer under täckena hos medborgarna? Nä, kommuninvånarnas ohämmade barnafödande är inget vi kan ta ansvar för.

Att besöka en överfull förskola och sedan räkna några år framåt på fingrarna borde inte vara svårt. För de som backar en smula vid tanken på att besöka den bistra verkligheten finns det sannolikt lättillgänglig statistik i någon pärm på en armlängds avstånd från fikarummet. Elever kommer till skolan med 6-15 års förvarning.

Att det skulle vara ett tunt lönekuvert och en svettig arbetssituation som är orsaken till de glesa lärarleden är inget kommunen ens reflekterar över.

SKL, Sveriges kommuner och landsting, gör som SKL alltid har gjort; en egen undersökning som visar att allting är i sin ordning, ingen lärarbrist i sikte. Ungefär lika trovärdigt som oljebolagens klimatforskning.

Lärarbristen är inget som du behöver oroa dig för i framtiden. Den är redan här.

Lärarens första arbetsvecka, vuxenveckan

Måndag

8.00-9.30 Presentation av nya kollegor. Teambildande gruppdynamiska övningar med asiatiska visdomsord. Förmiddagen leds av Måns Möller från kommunens personalvårdsavdelning.

9.30-10.00 Gemensamt fika.

10.00-12.00 Fler gruppdynamiska övningar.

12.00-13.00 Lunch

13.00-16.00 Gemensam genomgång av kunskapslyftets första introdel. Ta med skolverkets nya broschyr "34:B3 Ett lyft för ett bättre lärande i tiden".

Tisdag

8.00-9.00 Vi går igenom kommunens nya mål för lärande 2016. Läs igenom utskicket innan. Formulera minst tre frågor utifrån din egen reflektion kring målens innebörd.

9.00-12.00 Gruppvis diskussioner kring analyserna av de frågor vi diskuterade innan. Fika under tiden.

12.00-13.00 Lunch

13.00-16.00 Presentation av elevhälsans nya riktlinjer kring åtgärdsprogram. Senare under eftermiddagen provskriver vi några åtgärdsprogram i grupp. Lämna in synpunkter och frågeställningar.

Onsdag

8.00-16.00 Utbildningsdag.

Förmiddag – pedagogiska undret och gurun Peter Flack föreläser om formativ bedömning i en kontextuell lektionsbaserad undervisning.

Eftermiddag – skolverkets Ulla Skog föreläser om de nya riktlinjerna för normkritiska föräldramöten där vi utnyttjar föräldrars kunskaper och styrkor.

Torsdag

8.00-9.30 Diskussioner kring implementering av uppdateringarna av webbnet 2.0.

9.30-10.00 Gemensamt fika.

10.00-12.00 Fortsatt diskussion av webbnet 2.0.

12.00-13.00 Lunch

13.00-16.00 Info om utvärderingarna vi gjorde på vårterminen. Senare under eftermiddagen sitter vi i grupper och analyserar utvärderingen. Varje grupp lämnar in kommentarer, gärna i fyrfärgstryck.

Fredag

8.00-9.30 Gemensam information om implementeringen av kommunens offentliga utredning av formativ genuspedagogik i den moderna skolverksamheten.

9.30-10.00 Fika

10.00-12.00 Gå igenom skolårets nya blanketter.

12.00-13.00 Lunch

13.00-16.00 Ställa i ordning klassrummet eller byta klassrum, packa upp läromedel, hitta möbler, laga möbler, gå igenom schema och klasslistor, göra rastvaktsschema, planera lektioner, grovplanera terminen, göra bordsplaceringar, namna elevkorgar, delta i elev-överlämningar, städa grupprummet, göra efterbeställningar, jaga vaktmästaren, träffa specialpedagogen och få upp blodtrycket på arbetsnivå.

5 anledningar till lärarnas höga blodtryck

Omvärlden

Som lärare jobbar du mot en omvärld som tror att skattepengarna räcker till en 24 timmars all in clusive service med total bestämmanderätt. En service där man beställer toppbetyg lika enkelt som man beställer en pizza. Många har svårt att inse att lärarens 45 timmar gäller per vecka och inte per dygn. Och någonstans på 90-talet försvann insikten om att läraren var den som visste bäst om undervisning. Arbetsgivare, föräldrar, debattörer, politiker samt kreti och pleti gör alla anspråk på att vara den allvetande pedagogen. Längst bak i kön står läraren med sin erfarenhet, utbildning och höga blodtryck.

Teknikstrulet

En klassisk blodtryckshöjare som ger rejäla stresspåslag redan vid mindre incidenter. Krånglande projektorer och borttappade nätverk har många pedagogtimmar och doktorsbesök på sitt samvete. Ett ständigt flöde av nya datasystem och nya it-relaterade prylar ställer höga krav på den arme pedagogen vars högskolepoäng inte riktigt når upp till en teknisk ingenjörsexamen. Arbetsgivaren med sin stab av glada it-tekniker dunkar glatt pedagogerna på ryggen och gratulerar till ännu ett verktyg som ska hjälpa till i den stressade vardagen. Mer hjälp än att höja blodtrycket till bibliska dimensioner brukar det sällan bli.

Mötena

Viktig återhämtning kan tyckas. Du får möjlighet att varva ner, rätta prov och kanske svara på några mail. Men likväl är möten en tidstjuv och blodtryckshöjare av stora mått. Samtidigt som du matas med kommunala floskler dyker minnet av ditt överfulla skrivbord upp. För varje förlorad timme ökar trycket vid dina bultande tinningar. Innan dagen är slut befinner du dig i ett diffust migräntillstånd som varken svart kaffe eller dubbeldos treo rår på. Inget annat återstår att än att ta med sig sin rättning och det höga blodtrycket, och gå hem.

Omorganisationerna

Vi lever i föränderlig värld där gårdagens beslut aldrig gäller, dagens direktiv är passé och morgondagens agenda under uppbyggnad. Arbetsgivaren, staten och skolverket pekar med alla sina bläckfiskarmar åt alla väderstreck. Mitt i organisationsförändringar, reformer och tveksamma politiska beslut står den villrådige läraren med sitt höga blodtryck och vilsna blick.

Det dåliga ledarskapet

På det lokala planet springer det omkring stressade rektorer som lätt skulle ta flera medaljer i korridorslöpning. Att se en rektor är lika ovanligt som att se en flock häckande fältpiplärkor. Båda arterna är utrotningshotade. Rektorernas extrema arbetsbörda gör dem osynliga och ytterst frånvarande. Det som saknas på skolan finns i överflöd i kommunhuset. Ledarskapets korridorer är långa och snåriga men till föga hjälp. Alla saknar ansvar och enda gången de är fulltaliga är på lönelistan. Vab, hemmajobb, kurs- och kompdagar gör dem lika osynliga som rektorerna. På central nivå ligger ledarskapet i bittra ideologiska strider där prestige och röstfiske går före allt annat. Längst ner i näringskedjan hittar vi läraren som med sitt höga blodtryck ska styra upp hela verksamheten.

Sex OS-grenar bara en lärare kan vinna

2 kg kopiering med papperstrassel

Här gäller det att på så snabb tid som möjligt kopiera fyra klassuppsättningar kommunprov i fyrfärgstryck. Ett papperstrassel eller tekniskt haveri är riggat. Detta måste de tävlande lösa. Poängavdrag för den som ringer supporten.

Pink med liten eller stor blåsa

Reglerna är enkla. Den som håller sig längst vinner. Grenen är indelad i olika klasser utifrån storlek på blåsa, och inleds av att de tävlande dricker två koppar kaffe. Därefter fortsätter intaget med en kopp varannan timme. Var fjärde timme dricks ett glas Treo. De fem bästa i varje heat går vidare. I finalen dricks kaffe med dubbel styrka samtidigt som de tävlande halvspringer i korridorer.

400 meter korridor

En av de svåraste grenarna i de Olympiska lärarspelen. De tävlande måste på kortast möjliga tid springa genom en 400 meter lång korridor där de kommer att möta personal från elevhälsan, elever och minst en rektor. Det gäller att stanna för varje person och snabbt diskutera eller eventuellt lösa problem. Världsrekordet innehavs fortfarande av rumänen Dimitrie Brătianu som 1967 fick tiden 14.03.

Rektorsorientering

Grenen spelas i ett stort kontorslandskap där en rektor någonstans sitter gömd. Det gäller för de tävlande att snabbt hitta rektorn, få hen att skriva på en friskvårdsrekvisition och godkänna ett läromedelsinköp.

Kall lunch med lågt näringsintag

En svår gren eftersom de tävlande inte känner till menyn innan. Den kalla lunchen ska intas så fort som möjligt ståendes samtidigt som ett glosförhör ska rättas. Tidspålägg ges för flottfläcker på glosböcker.

20 timmars rättning

En gren där uthållighet och skärpa sätts på prov. Nationella prov, kommunprov och diagnoser rättas utan paus, kaffe eller Treo. Mängden korrekt rättade prov efter 20 timmar vinner. Eftersom lgr11 ligger som grund är det en ren bedömningssport.

Du har jobbat för länge som lärare när...

... du ringer upp din lokala tidningsreporter och föreslår ett åtgärdsprogram, alternativt en uppsägning av tidningen om inte lymmeln till skribent lär sig korrekt avstavning.

... du stramar upp kön till kassan på ICA då den mer liknar en folksamling än en snörrät linje. Andra kunders irriterande blickar ser du som ohyfs, något du gärna påpekar.

... du anser att det felaktiga bruket av orden de och dem är ett allvarligare problem än både alkohol och narkotika. Dock får du inget gehör från vare sig IOGT eller polisens narkotikaenhet när du föreslår bildandet av stödgrupper för pronomenmissbrukare.

... du får ett raseriutbrott på gränsen till sammanbrott när häftapparaten krånglar. Genom åren har papperstrasslande kopieringsmaskiner, sladdar med kärringknutar och användarfientliga datasystem har gett dig en exceptionellt stark teknikfobi.

... du inte har upplevt en fredagskväll i vaket tillstånd sedan bröderna Herreys vann melodifestivalen. Redan efter middagen börjar det bli grus i ögonen och långt innan Bolipompa är slut ligger du i koma i tv-soffan. Du har ingen förståelse för din familj som kräver aktivt deltagande vid fredagsmyset. Du medverkar ju, åtminstone fysiskt.

... du febrilt börjar gå igenom dina kollegors väskor på jakt efter Treo fullt medveten om att dina kamraters ilskna inställning till tablettjuvar. Men lite morrande och onda blickar från kollegorna är det värt. Ett eftermiddagsmöte utan svart kaffe och Treo önskar du inte dina fiender. Dessutom har du Facebook, där finns nya vänner.

...du inser att dina barn får ut högre lön på sina sommarjobb än vad du får efter fyra års utbildning och 20 års trogen tjänst hos kommunen.

... du tömt tallriken och sneglar efter desserten redan innan din bordsgranne hunnit smaka av vinet. Ditt matsmältningssystem har sedan länge vant sig vid snabbt födointag och låter sig inte tämjas bara för att du är på en finare middag.

... du anser att toalettbesöket är en av de bättre stunderna på dagen. Ett fint tillfälle att lugna nerverna, få ned pulsen och njuta av lite egentid.

... du irriterat river ifrån till någon nybörjarkollega som just kommenterat din ohälsosamma kaffekonsumtion. Du har jobbat hårt och länge för ditt kaffeberoende, något du är stolt över. Tepimplare och lattefjollor är inga riktiga lärare.

Inkluderande humbug exkluderar våra barn

Det finns inget mer exkluderande för elever än att sitta i ett trångt överfyllt klassrum utan att förstå eller hänga med. Det spelar ingen roll hur många vuxna du lyckas tränga in i klassrummet. 28 barn och två vuxna på samma antal kvadratmeter du parkerar bilen på hjälper inte de barn som är i behov av stöd.

Någonstans, någon gång, kom någon på, antagligen grundat på någon tunn forskning, att mindre undervisningsgrupper var av ondo, en elak avart som mer påminde om fattighjonens utsatthet än modern undervisning. Ingen skulle längre exkluderas. Alla elever skulle med, alla skulle inkluderas rätt in i det överfulla klassrummet.

En hel lärarkår lät det ske. Klassläraren blev plötsligt också specialpedagog till sina elever, konsulterad av elevhälsan men lämnad ensam i klassrummet. Jo, en och annan blygsam resurstimme trycktes in i schemat. Att lämna klassrummet för mer än att gå på toaletten blev skamligt. OCH aldrig, aldrig någonsin, under några som helst omständigheter fick elever enskild undervisning av en speciallärare.

Ekonomiansvariga på kommunerna måste ha satt morgonkaffet i halsen när inkluderingens glada budskap knackade på kommunhusets ytterdörr. Det måste ha varit en gudagåva för nervösa ekonomer som såg en enorm besparingspotential. Inga kostsamma smågrupper eller enskild undervisning. Halleluja! Prisa herren!

Så nu står den arme läraren där med sina autister, dyslektiker, bokstavsbarn och dyskalkylister. Alla inträngda i ett inkluderande i klassrum, men exkluderade från kunskap. Det största sveket mot våra barn vi någonsin gjort – curlinguppfostran, lördagsgodiset och "Vilse i pannkakan" inräknat.

Idén att alla barn ska inkluderas i skolan är naturligtvis god och självklar. Inget barn ska stuvas undan i någon skrubb eller nekas rätt till skolgång oavsett vilka behov barnet har. Problemet uppstår när idén ska förverkligas i klassrummet. Det finns en gräns för hur många barn med behov av extra stöd en lärare kan hjälpa samtidigt som en hel klass ska undervisas. Det spelar ingen roll hur många åtgärdsprogram som skrivs eller hur många timmars konsultation som ges till läraren så riskerar inkluderingen att bli en omänsklig uppgift. Extrema krav ställs på läraren.

Att kritisera inkluderingen är förenat med en del risker. Du blir lätt utmålad som en hjärtlös lärare som helst vill se alla barn som inte följer normen inlåsta på institution. Kritiken handlar inte om att isolera "störiga" barn från de "välartade". Det handlar om att barn är olika och måste undervisas olika. Det funkar inte att stoppa in alla barn i ett överfullt klassrum tillsammans med lärare och tro att det funkar.

Fem billiga sätt att hjälpa elever med särskilda behov

Skicka klassläraren på en kvällskurs i hanteringen av diverse diagnoser. Ju fler diagnoser på en kväll desto bättre. En billig åtgärd eftersom lärare bör vara tacksamma över att få utbildning även om den är på deras fritid. Eftersom det är lärarnas kompetens som är enda avgörande faktorn när det gäller undervisning kan det ibland krävas fler kvällskurser. För att få ned priset ytterligare kan kollegialt lärande med fördel användas. En obetald lärare lär en annan obetald lärare.

Ge handledning till klasslärarna. Kommunens psykologer ska ändå ha betalt. En smäll man alltså ändå måste ta. Visserligen försvinner värdefull planeringstid för klassläraren, men det handlar snarare om prioritering än något annat. Eftersom det är klassläraren som ska behöver hjälp och inte hens elever är handledning ett måste.

Skriv ett rejält åtgärdsprogram med många svårtolkade meningar. Viktigt att inte lova något. En billig åtgärd som inte kostar mycket mer än papperet det är tryckt på. Pedagogtimmar räknas inte. Det är en ekonomisk belastning som vi dras med i alla fall. Funkar inte åtgärdsprogrammet utvärderar man tätare och mäter resultaten ännu mer.

Anställ en arbetslös ungdom som assistent några timmar i veckan. Det finns hur många som helst till riktigt bra priser. Med lite tur går det att få tag på något socialt projekt som arbetsförmedlingen gärna vill få ut på arbetsmarknaden.

Köp in en surfplatta. Visst det svider lite i den kommunala plånboken men den summan tjänar du raskt in på några veckor när du inte behöver betala assistentlön. Det finns inte en unge som inte blir lugn av att stirra ned i en skärm. Dessutom finns det flera gratisappar som är pedagogiska. Om önskat resultat inte uppnås är det med stor sannolikhet klassläraren som brister. Utöka handledningen och satsa på nya kvällskurser. Eventuellt kan det vara ett för tunt åtgärdsprogram vilket indirekt också är klasslärarens fel.

Läraryrkets olika faser. Var befinner du dig?

1. Novis
Du har inte mer än 5 års erfarenhet och du brinner av hela din kropp, ditt hjärta och din själ för yrket. Du är fast besluten att förändra och rädda världen och då inte bara ett par skolkande elever. Nä, hela världen ska omdanas och göras till en bättre värld. Rektorns ryggdunkar och glada tillrop ger en bubblande tillfredsställelse när du ivrigt kastar dig över alla extra uppgifter, uppdrag och uppesittarkvällar med jobb. För ditt inre suckar du kärvänligt över dina äldre kollegors motvilja att slänga sig över den senaste trenderna i pedagogiken. Du har så mycket att lära de äldre, bara de ville lyssna.

2. Erfaren nybörjare
Efter 5-10 års erfarenhet börjar du inses att det tar ganska lång tid att förändra världen. Du konstaterar att inlandsisarna fortsätter att smälta trotsa att din klass samlat flest kapsyler fem år i rad. Batterijakten, miljödagen och skräpplockardagarna tycks inte heller ha gett önskad effekt, men du låter dig inte nedslås Du kan fortfarande göra underverk i klassrummet, bara du jobbar lite hårdare. Lite förvånat upptäcker du att din passion för alla skolans extrauppgifter inte riktigt får genomslag i lönen. Rektorn är dock mycket nöjd över din arbetsinsats och det värmer fortfarande i själen.

3. Erfaren
Med 10-20 lärarår bakom dig förnekar du inte längre att håravfall, sömnlöshet och mental trötthet har ett samband med ditt arbete. Samtidigt inser du att lönen inte kommer att lyfta och att slitåren fortsätter. Tvivlen dyker upp och du börjar ifrågasätta skolsystemet, samhället och tveksamma möten. Du börjar även bli svag i tron på dig själv. Är du verkligen rätt person på rätt plats? Det finns tydligen ett liv

utanför skolans väggar. Arbetsförmedlingens hemsida blir din startsida medan du börjar fila på ett CV.

4. Erfaren och luttrad

20-30 år ett respektingivande antal år i branschen. Flera kollegor har slutat, bränt ut sig eller blivit en smula udda. Du sitter gärna på samma plats i fikarummet och har ingen förståelse för den som råkar ta din kaffekopp. Du irriteras över blåbärens totala brist på insikter när det gäller yrket och blir trött av att bara höra dem när de kvittrar på energiskt under kvällsmötena. Klassrummet har blivit din fristad där du kan ägna dig åt det du kan långt borta från möten, datorprogram och nya revolutionerande pedagogiska rön. Issmältning, drunknande isbjörnar och alla stackars kapsyler runt om i världen struntar du i medan du engagerat koncentrerar dig på din elever.

5. Erfaren pedagogikräv

Med närmare 40 års lärargärningar i bagaget har du börjat fälla ned landningshjulen och förbereder dig inför kommande pension. På nätterna sitter du frenetiskt och räknar på din ekonomi. Kanske kan du gå ett år tidigare. Hellre fattigpensionär än ett år till i detta yrke. Du irriteras allt mer över de yngre lärarförmågorna som tror att de kan förändra världen med moderna pedagogiska omtag. Det mesta som är nytt har du redan gjort. Du har varit med så pass länge att du vet att allt går i cykler. Gamla metoder förpackas med nya omslag. Du anser dig inte teknikfientlig men allt sedan faxen försvann vägrar du att befatta dig med tekniska lösningar. Du har än så länge aldrig sett ett datorsystem som kan överträffa ditt prämsystem.

6. Pensionerad pedagogikräv

Det är först efter första sommarlovet som pensionär som du inser att du faktiskt är ledig. Rektorer bönar och ber om din come back. Till en början har du svårt att tacka nej utan att hålla dig för skratt. Men någon fattas dig. När du börjar ta några vick inser du att plötsligt att det är detta som du var ämnad för, att undervisa. Som vikarie går du hem när du har planerat färdigt, långt före alla andra som dokumenterar, har möten, river sitt hår och ligger i fosterställning under sina skrivbord. Det är nu du förstår att det fortfarande är fantastiskt att vara lärare när det hade handlat om undervisning.

Elva sanningar om problemen i skolan

Amatörtyckarna och förståsigpåarna
Jag har själv gått i skolan, så nog är jag insatt i skolan. Va! Finns inte flourtanten kvar? Har ni strukit lappskojs från skolmatsedeln? När försvann OBS-klasserna? Inte konstigt att skolan haltar.

SKL, Sveriges Kommuner och Landsting
Problem? Vi ser inga problem. Våra egna undersökningar visar att skolan frodas i all välmåga. Visst är lärarna en ekonomisk belastning men vi tycker att vi trots allt har gjort ett bra jobb med lärarna. Vi har dem där vi vill ha dem. Ordentligt nedtryckta i skorna med lika låg lön som självförtroende. Lärarbrist? Där ser vi en chans att tjäna en rejäl hacka. Den arbetslösa ungdomen är billig och täcker gärna upp luckorna i lärarleden.

Rörmokaren och diversearbetare
Hur svårt ska det vara? Slå näven i bordet och riv i till ynglen. Själv tränar jag 20 kids i fotboll tre gånger i veckan. Aldrig några problem. Nä, lite jävlar anamma, det är vad som behövs i skolan.

Politikerna
Problem i skolan? Jo, men nu är det ju några år till nästa val. Nu behöver vi inte prata om skolan på ett tag.

Rektorerna
Problem!?! Jo, jag vet att allt är mitt ansvar. Ska bara svara på en enkät, sitta i några möten, gå allergironden, byta glödlampor och asfaltera skolans parkering, sen ska jag fixa alla andra problem.

Skolverket
Vi påstår inte att det är lärarnas fel, men nog behövs det lite utbildning här och var i lärarkåren. Om de bara kunde läsa våra broschyrer, gå med i

kunskapslyften och lära sig skriva en ordentlig pedagogisk planering. Då skulle det nog se annorlunda ut. Inte för att lärarna är dåliga, men…

Skolinspektionen
Problem? Vi har ju varit ute och kollat varenda skola! Visst, några dokument var kanske av tvivelaktig kvalitet, men i det stora hela har pärmarna varit till belåtenhet.

Kommunen
Nu måste vi vara positiva. Ingen blir glad av att missnöje sprids. Vi satsar på våra lärare och ser till att de får gå på kurser och lära sig vara positiva. Och nej, fem miljoner kronor mindre nästa år är ingen besparingsåtgärd eller kvalitetssänkning. Vi anpassar bara verksamheten till rådande omständigheter. Tvärtom, kvaliteten kommer att öka. Nu har vi möjlighet att bygga en arena till, något som skapar mervärde för alla medborgare, även skolbarnen.

Wallenberg
Jag och mitt riskkapitalbolag är djupt oroad över skolkrisen och dess följder. Måste vi börja anställa fler lärare spricker ekonomin. Vems pengar ska vi då skicka till skatteparadisen? Åldringsvården ger ju inte på långa vägar lika mycket som skolan.

Forskarna
Efter 20 års djupstudier av rektorers dokumentation är det inte svårt att se var problemet ligger. Jag har dessutom studerat ett flertal elever under 70-talet och kommit till många djuplodande insikter. Nu ska jag bara övertyga alla andra forskare att de har fel.

Lärarna
Siste man släcker lyset!

Detta bör du känna till om ditt barns lärare

Du och ditt barn är inte motarbetade när betygen är halvdana, läxorna jobbiga och mailsvar låter vänta på sig. Läraren jobbar för ditt barn inte mot. Kommunen har det knapert och lägger knappast pengar och energi på att motarbeta just din familj. Krav, tillsägelser och läxförhör är inte sabotage mot er familjelycka. Personalen på skolan tycker om ditt barn, vill det väl och jobbar hårt för att hen ska lyckas. Läraren kämpar i samma lag som dig och ditt barn.

Att ingå i samma lag betyder inte att du och ditt barn kan sitta på läktaren med glada tillrop och heja fram ditt barns lärare som springer benen av sig, eller att skrika skällsord på domaren och byta ut spelare så fort det blir lite motigt. Att ingå i samma lag betyder att du och ditt barn spelar på samma planhalva som din lärare, och är med i matchen med svett i pannan.

Om ditt barn inte får 150% uppmärksamhet varje dag betyder det inte att läraren lämnat laget och sitter smuttandes på en latte i fikarummet. Ditt barn får oftast, inte alltid, men oftast den uppmärksamhet som behövs. Ta en titt på ditt barns klasslista, räkna namnen och dela det på den tid ditt barn spenderar på skolan. Kommer du fram till 150% har du räknat fel. Skulle ditt barn mot förmodan få en tillrättavisning eller kanske till och med en skarp tillsägelse med höjd röst kan det faktiskt vara befogat, rent av nödvändigt. Det ska inte tolkas som en aktiv krigshandling mot din familj. Ditt barns lärare vill fortfarande ditt barn väl.

De flesta föräldrar har insett lagarbetes betydelse. De föräldrarna ger sina barn ovärderliga fördelar i skolan och livet. Fundera på vad du vill ge ditt barn.

Därför är lärarna dåliga, riktigt dåliga

OECD-rapporten talade sitt allra tydligaste språk som inte på något sätt kan misstolkas. Lärarna är dåliga och bör om möjligt bildas, annars sättas på undantag. Bakom PISA-resultaten och alla andra bedrövelser i samhället står det en skock oföretagsamma, lågt utbildade och oengagerade lärare.

Tre anledningar till att lärarna är riktigt usla:

Lön
Det har helt oväntat visat sig att lärarna inte längre känner någon lockelse till uppfostrande livsuppgifter, pedagogiska kall och ideellt övertidsarbete. Det kommunala bidraget ger inte längre någon nämnvärd tillfredsställelse. Istället kräves lön och värden långt över McDonalds ingångslöner och långt från de stolta utbildningsideal som tidigare drev en lärare ur sängen. Lärare slutar och har ingen att lämna över pekpinnen till. Plötsligt har kreti och pleti, med eller utan bildning, full tillgång till katedrarna. Klart att kvaliteten sjunker när kön till katedern är tunn.

Arbetsuppgifter
Ensam är stark. Själv är bäste dräng. Du är din egen lyckas smed. Ingen bokstavskombination är för svår för din lärarkompetens. Fina ord som arbetsgivaren vill pränta in lärarens vacklade sinne. Någon hjälp att få finns sällan för den arme läraren som står ensam med diagnoser, administration och tvivelaktiga arbetsuppgifter. Arbetsgivarens ledord har under de senaste två decennierna varit: *kvantitet före kvalitet.* Skulle någon lärare mot förmodan vissa upp någon form av kvalitativ insats har denne med stor sannolikhet för lite att göra. Klart att kvalitet på undervisningen sjunker när mängden arbetsuppgifter ökar.

Styrning

Alla medborgare har gått i skolan vilket gör alla medborgare till självutnämnda experter i undervisningens svåra konst. Alla vill bidra, alla vill lägga sig i och alla vet hur ungar bildas och fostras på bästa sätt. Kommuner, staten, skolinspektionen, OECD, skolverket, SKL, amatörforskare och diversearbetare pekar ut de pedagogiska riktningarna som spretar åt alla väderstreck. I mitten står läraren utan karta och kompass. Alla ska vara med och bestämma, ingen vill ta ansvar. Klart att kvaliteten i lärargärningar sjunker när rodret är överbelamrat med klåfingriga amatörtyckare.

Lista över vad som påverkar skolan mest

Vad påverkar svensk skola mest? Inte helt oväntat toppar PISA listan. Ingen är förvånad över bottenplaceringen. Och nej, jag har ingen forskning som stöder listan. Mer av en magkänsla. Magkatarr kan aldrig ha fel.

1. PISA

Ett prov i all dess enkelhet har ett diktatoriskt grepp om svensk skolutveckling. Det som i början var tänk som vägledning och temperaturmätare har blivit en överordnad lag. En spelbricka av yttersta vikt i politiken. Provresultaten analyseras ner till minsta molekyl av diverse amatörtyckare. Samband mellan resultat och skostorlek, och liknande, presenteras som seriösa sanningar. Viktigast av allt är resultaten.

2. Hattie

Om PISA är religionen är Hattie guden. John Hattie är skolforskaren som snarare bör betraktas som statistiker. Om du har ena handen i frysen och andra handen i ugnen får du ett bra medelvärde för din kroppstemperatur. Inga anledning till oro för din hälsa. På samma sätt värderar Hattie forskningsresultat. Om läxa beskrivs framgångsrikt i 2000 forskningsrapporter och dåligt i 3000 andra rapporter blir medelvärdet för läxa negativt. Slutsatsen blir alltså att all läxa är dålig överallt i hela Sverige. Inte ens Hattie själv anser att hans siffror bör tolkas så fanatiskt. Inget som bekymrar svensk skola. Har Hattie sagt en sak så är det så.

3. Föräldrar

Har större påverkan än de tror. Är de bara tillräckligt vrång, sätter sig på tvären och hotar med skolinspektionen brukar deras röster höras. Föräldrar som via språkrör gör sig hörda på föräldraråd göre sig icke besvär.

4. Kommunala tjänstemän och politiker

Fridolin? Utbildningsdepartementet? Skolverket? Intressant men inget som rör oss. Vårt kontrollbehov är större än så. Deras pengar men vår skola. Kommunen gör som kommunen vill och ändrar sig bara om vite uppenbarar sig med lie.

5. Utbildningsdepartementet och Fridolin

Ett överskattat departement utan större inflytande över svensk skola. Fridolin kan lova, lagstifta och uppmana bäst han vill. Kommunerna gör ändå som de vill.

6. Axel von Fersen, gatubarnen i Santiago och lärarna

Axel von Fersen är död, gatubarnen i Santiago kan inte läsa och lärarna är lärare. Ingen av dem har särskilt stor påverkan i skolfrågor.

Fem handfasta råd till nybakade lärare

Ny i branschen? Innan du sticker iväg och köper din fösta tub Treo bör du läsa de allmänna rekommendationerna.

Planer, blanketter och annan till synes ovidkommande dokumentation
Decentralisering av skolan skapade behov av kontroll bortom all kontroll som i sin tur måste kontrolleras med kontroller. Ingen har tid att komma ut till ditt klassrum och ingen litar på att du gör ditt jobb. Därför tvingas du dokumentera allt. Inte för att någon läser det, inte för att du kommer att ha någon nytta av det, men finns det inte på pränt har det inte hänt. Du kan sitta och pimpla kaffe framför Facebook på dina lektioner, men nåde dig om du missar en blankett eller en utvärdering.
Dokumentera måttligt och låt det inte gå överstyr. Svensk massaindustri klarar sig alldeles utmärkt utan dig. Du är ingen byråkrat.

Möten, kommunala föreläsningar och andra tveksamma sammankomster
Håll låg profil och oroa dig inte. De andra begriper inte heller något. Ta med lite rättning och håll god min. Eftersom kaffe oftast ingår i tillställningarna är en plats nära utgången idealisk. Då hinner du både gå på toaletten och avnjuta en kopp fika i goda vänners lag under rasten. Föreläsningar kan lätt övergå till väckelseliknande möten. Låt dig inte ryckas med i euforin över en ny arbetsmetod. Det finns inga enkla lösningar i din bransch. Hårt arbete, hårt arbete och hårt arbete är vad som gäller oavsett vad överbetalda föreläsare säger.
Lektioner, planeringar och allt annat som gäller elever
Kärnverksamhet kan den oinsatte novisen tycka. Självklara punkter i agendan som borde ta all energi och tid från en hårt arbetande lärare. Självklart, när allt annat är gjort kan du fundera på undervisning. Ändra prioriteringen, glöm karriären och satsa på eleverna istället. Det kommer aldrig att synas i lönekuvertet, du kommer aldrig att få några ryggdunkar,

glada hejarop eller några andra erkännanden om du lägger din tid, energi och passion på undervisning. Däremot kan du gå hem efter en arbetsdag med rak rygg.

Datorsystem, kopieringsmaskiner och all annan elektrifierad utrustning

Tanken var god när tjänstemän och politiker ville föra skolan in i framtiden. Hjälpmedel som avlastar den nedtryckte lärare kan ju bara bli rätt. När dessutom kontrollbehoven skenade bland osäkra politiker och chefer fanns inga alternativ kvar längre än att köpa in dyr och komplicerad programvara. Ta det lugnt! Allt med elkontakter och batterier kommer att bråka med dig. Ta ett djupt andetag och bryt ihop. Något annat finns inte att göra.

Lönesamtal och andra lönefrämjande aktiviteter

Du kan slappna av. Lönen är redan satt när du kommer till lönesamtalet. I bästa fall kan du tjata till dig några tior. Det finns bara en väg till en högre lön och den vägen går inte via ett stressat samtal med din chef. Vill du ha en högre lön; byta arbetsgivare. Vill du ha en ännu högre lön; byt bransch. Skolutvecklande aktiviteter då? Jo, det kan fylla lädret med någon hundring men är det värt det? Satsa på eleverna, undervisningen och en sund arbetsmiljö.

3 enkla knep för att lösa lärarkrisen!

Saknar du kön till kaffeautomaten? Får personalfesten plats hemma i ditt vardagsrum? Har du börjat prata med dig själv i arbetsrummet?
Bristen på legitimerade lärare har övergått till brist på dugligt folk som antagligen snart går över till brist på nykter och ostraffad vuxen. Lärare är slutkörda, rektorer är desperata och SKL ser som vanligt inget problem i den svenska skolan.

Dock finns det 3 snabba lösningar för lärarbristen:

Reservisterna
Visserligen är det lärarbrist, men någon brist på lärare är det inte. Enligt lärarförbundet finns det 39 000 lärare som jobbar med annat. Det gäller bara att anstränga sig så hittar man dem. Tyvärr fungerar det inte att locka dem till skolan med gratis badkort på det kommunal badhuset och naturskönt läge på skolan. Hög arbetsbörda och låg lön är inte heller en lockande kombination. **Lätta på arbetsbördan för lärarkåren, eller gör den åtminstone dräglig.** Då har vi snart 39 000 lärare till förfogande.

Deltidarna
Ung, frisk, stark och barnlös är en oslagbar kombination för den som vill jobba heltid. I offentligt sektor är det ett absolut krav. Är du ung har du barn och är du gammal tryter krafterna. Allt färre orkar jobba heltid. **Lätta på arbetsbördan för lärarkåren, eller gör den åtminstone dräglig.** Då kan fler orka med heltidstjänster och vips har vi lagt till ytterligare några tusen till kåren.

Pensionärerna

De är utbildade. De är vana. De har pedagogiken i blodet. Men de vill inte jobba en dag mer än vad som behövs. **Lätta på arbetsbördan för lärarkåren, eller gör den åtminstone dräglig.** Då kanske många jobbar till 65 och kanske rent av ännu längre. Där har vi några tusen till i ledet.

Hur viktig är skolan egentligen?

Fyller verkligen skolan en funktion i ett samhälle där Google finns i var mans ficka? Har inte utbildning spelat ut sin rätt när personlig utveckling räknas i likes på Facebook?

Vem tycker att skolan är viktig?

Kommunerna
Skolan är viktig för våra finanser. Ett svart outtömligt hål i den kommunala plånboken kan tyckas. Men när ekonomin kärvar är det inte dumt att ha skolor att ta av. Inget är så hälsofrämjande för den kommunala ekonomin som ett rejält köpstopp eller ett par skolnedläggningar.

Riksdagspolitikerna
Skolan är naturligtvis viktig för oss. Vinn skoldebatten och du vinner massor av röster. Det är idiotsäkert att genomföra reformer i skolan. Blir det fiasko skyller vi på kommunerna. Blir det succé... Ja, vi inte riktigt vad som händer då, men vi tar på oss ansvaret.

Sveriges Kommuner och Landsting
Nog är skolan en viktig punkt på agendan. En surdeg som vållar oss stora bekymmer. Ända sedan vi tog över från staten har vi aktivt försökt förminska lärarkåren och deras uppblåsta egon. Visst har vi lyckats reducerat både skolan och lärarkårens betydelse men mycket återstår. Än är skolan viktigt.

Riskkapitalisterna
Viktig? Skämtar du? Titta i vårt senaste bokslut så ser hur viktig skolan är för oss. Inget annat affärsområde ger så bra marginaler som skolan. Stora vinster och inga risker. Skolan ger oss fina siffror i resultatrapporterna. I

kombination med räntesnurror och utländska bankkonton är skolan vår viktigaste inkomstkälla.

Föräldrarna

Skolan är viktig. Vem skulle annars passa våra barn, och till det priset? Visst är det lite jobbigt när det tjatas om läxor och krav. Sen kan man tycka att föräldramöten och utvecklingssamtal kan vara lite onödiga. Veckobreven räcker gott och väl.

Eleverna

Skolan är självklart viktigt. Faktiskt det viktigaste efter fotbollsträning, tv-spel, snapchat, kompisar, husdjur, Thailandsresa, tv-serier, filmer och fredagsmys.

Lärarna

Viktig? Den upptar ju hela min vakna tid och alla annan tid. Finns det något annat än skola?

Lärare, en utrotningshotad art?

Känns kön till kaffeautomaten kort? Står kopieringsmaskinen och blir kall mitt på blanka dagen?

Nä, det är inget lokalt fenomen. Lärare försvinner i allt snabbare takt över hela Sverige. Här följer en kort presentation över den utrotningshotade arten lärare:

Habitat: vanligt förekommande på skolor och i konferenssalar främst dagtid, efter skymning drar sig många undan till sina hemvisten för vidare arbete.

Utseende: varierande, på våren ofta krökt rygg med flackande ibland trött blick, på hösten en något rakare hållning.
Utbredning: finns över hela Sverige, men på senare år mycket sällsynt i glesbygd och fikarum.

Specifika kännetecken: Många individer har utvecklat en rapid gångart som ofta kombineras med ett snabbt födointag, det snabba rörelsemönstret gör arten svårstuderad, vid vissa tillfällen går dock lärare in i ett dvalliknande tillstånd vanligt förekommande vid konferenser och föreläsningar. Vanliga attribut är kaffekopp, läsglasögon och pärm.

Kända hot: SKL, kommunaliseringen, dokumentationshysteri och kommunala nedskärningar.

Framtidsutsikter
Flera större punktinsatser på nationell nivå har gjorts, många förespråkar ytterligare åtgärder för hela beståndet. Många hävdar dock att åtgärderna kommer försent.
Artens naturliga habitat har kraftigt försämrats under de senaste årtiondena, främst på grund av den rovdrift som SKL bedrivit. Den

hänsynslösa förföljelsen har utan tvekan haft en negativ påverkan på beståndet som har decimerats påtagligt. Senaste inventeringen visade att 4 av 10 legitimerade lärare försvunnit.

Tillväxten får bedömas som god men inte tillräcklig för att behålla ett starkt och livsdugligt bestånd. Många yngre dukar under redan under sina första levnadsår.

Regeringen spottar på hälften av landets lärare!

Regeringen tänker lösa lärarbristen genom att splittra lärarkåren i två lag. Ett A-lag och ett B-lag. A-lagets lärare kommer att belönas med statliga medel medan B-lagets lärare får stå och titta på när tusenlapparna fördelas. I vilket annat yrke förekommer detta?
De flesta är dock mycket nöjda med förslaget:

Sveriges Kommuner och Landsting
En skänk från ovan. Bättre present från staten kunde vi inte få. Dela in lärarna i två lag och låt dem slåss. En splittrad lärarkår är en svag lärarkår. Vi kan fortsätta lärarförtrycket.

Fridolin och gänget
Nu har vi satsat. Nu är det er är tur, glöm inte vem ni ska rösta på.

Rektorn
Och naturligtvis hamnar detta i mitt knä. Hur ska jag dela in mina lärare i två lag? Vem ska bli B-lärare? Har aldrig gillat tärningsspel.

Kommunen
Kan inte bli bättre. Staten betalar, då slipper vi satsa på lärarna. Förhoppningsvis blir det slut på deras evinnerliga gnäll. Lite svårt dock att hitta så många bra lärare att ge högre lön till.

Föräldrarna
Det är bra. Smart att bara satsa på hälften av lärarna. Då räcker våra skattepengar längre. Va, fast vänta nu! Mitt barn ska inte undervisas av en

B-lärararna
Nä, nu blir det skolinspektionen igen.

A-lärararna
Äntligen får man lön för mödan. Det är inte lätt att leda formativa bedömningsprocesser i ett kollegialt lärande där förmågor och utvecklingsmöjligheter står i fokus. Hög aktivitetsnivå på konferenser och möten ska betala sig. Klart att vi ska ha högra lön.

B-lärarna
Tack för mig!

Sex positiva saker om skolan!

Det är dags att ta itu med den negativa gnällmentaliteten inom skolan. Tycka-synd-om-mig-själv-kulturen som råder inom den svenska lärarkåren gagnar ingen. En positiv syn inom skolan löser många problem:

Vikariestoppen
Behöver inte vara negativt överhuvudtaget. Ett fint verktyg för att väga upp ekonomisk inkompetens inom kommunen. Några dagars eget ansvar gör bara eleverna gott. Kunskap är inget man sondmatar, lite får eleverna allt anstränga sig. De flesta har ju dessutom en smarttelefon. Bara att tanka ned. Behövs inga vikarier för det.

Lärarbristen
Ett utmärkt tillfälle att utröna vilka lärartjänster som egentligen behövs. Att det även tvingar lärarna till att jobba hela dagar får ses som en bonus.

Sjukskrivningarna
Sjukskrivning säger gnällspikar, naturligt urval menar vi. Det är naturligtvis trist att de lärare som inte klarar trycket inte begriper det och slutar innan de får huvudvärk och måste vara hemma. Med lite självinsikt i lärarkåren hade vi nog inte haft samma sjukskrivningstal.

Den ökade arbetsbördan
Jobbar man 5 timmar om dagen är ökad arbetsbörda enbart av godo, rent av hälsosamt. Finns ingen anledning att lärare ska springa på golfbanan före två på eftermiddagen. Nä, hårt jobb ger framgång. Det gäller även lärarna.

De slitna lokalerna

Varför skämma bort ungdomen med nymålade väggar, ergonomiska möbler och lysarmatur från tjugohundratalet? Sådant leder bara till en slapp inställning. Dessutom är inredning och byggteknik från 70-talet charmigt. Det fungerade bra då och fungerar bra nu.

Köpstoppen

Nöden är uppfinningens moder. Det finns inget som är så nydanande för en skola som en ett rejält köpstopp. Kreativiteten flödar och nya möjligheter skapas. Sköna klirr i den kommunala kassan och eld i baken på lärarna. Bara positivt.

5 påhittade problem i skolan! (enligt arbetsgivaren)

Krisen i skolan
En bild vi inte känner igen. Visst finns det skolor som inte håller måttet, men varför fokusera på sådant som är dåligt. Nu gäller det att sprida de goda exemplen. I Enskede finns en skola med goda resultat, nyrenoverade lokaler och duktig personal. Har hört att det ska finnas en i Sollefteå med.

Lärarbristen
Bara facklig propaganda. Rena bolsjevikmetoder att sprida sådan desinformation. Visst finns det en och annan lucka i lärarleden. Men de täpper vi igen med snabbutbildade avhoppare från ingenjörsprogrammen. Sen har vi fattigpensionärerna. Ännu en god anledning till låga lärarlöner. Det ger hungriga pensionärer som kan jobba i flera år till.

Lärare som slutar
Oansvarigt att ge upp. Var finns samhällsengagemanget? I den här branschen dör man med stövlarna på. Allt ska vara så enkelt och lustfyllt nuförtiden. Inget reellt problem. Latmaskarna gör ändå ingen nytta.

Lärare som bränner ut sig
Naturligt urval. Beklagligt att lärare inte förstår sitt eget bästa och slutar innan de blir hemma med huvudvärk och kostar oss en massa pengar. Kan vi bara får dem att sluta innan de bränner ut sig och kostar pengar är problemet ur världen.

PISA-resultaten
Ett resultat som speglar lärarkåren, tyvärr. Inget som påverkar vår ekonomi. Alltså inget problem.

5 idiotiska lärargärningar du INTE ska göra

Byta glödlampa och andra tveksamma uppgifter som inte kräver högskolepoäng

Visserligen har du en vaktmästarlön, men du har en dyr utbildning. Är ditt klassrum mörkt tar du inte med en glödlampa hemifrån och vinglar dig upp på elevbänkar för att byta. Är det mörkt så är det mörkt. Ställ in lektionen. Kan man göra så? Tror du på riktigt att en kirurg skulle ta med sig en glödlampa hemifrån och byta innan hen opererar? Skulle en asfaltsläggare koka asfalt hemma och ta med sig på jobbet? Hur ofta händer det att någon på lönerna i rådhuset tar med sig kontorets gardiner hem och tvättar dem?

Jobba som gratis vikarie när kollegan är sjuk

Visst verksamheten måste ju fungera, men du jobbar inte på akuten. Folk dör inte om du vägrar hoppa in utan lön. Men vänta, kan man verkligen vägra? När läkaren hoppar in för andra gör han det som stafettläkare för 30 000 kr i veckan. Och du gör det gratis som maratonlärare.

Hoppa över lunchen, fikat och toalettpausen

Din blåsa är nog rätt tränad vid det här laget och kaffe dricker du medan du kopierar. Lunchen kan man ta ut efter 16. Inga problem, det funkade bra förra terminen och det funkar säkert denna termin. Men för eller senare vaknar du en morgon med håravfall, ångest och stirrig blick. Du behövs i stridbart skick inte som ett vårdpaket.

Jobba när du är sjuk

De äldre garvade lärarna som har överlevt kommunaliseringen, 90-talets besparingar och allsköns diagnoser menar att kroppstemperaturer under 38,5 är normal arbetstemperatur, medan huvudvärk och högt blodtryck är ett kvitto på ett väl utfört arbete. Lyssna inte på dem. Visst får dina kollegor det jobbigt när du är borta och visst får du ett helsike när du kommer tillbaka och ska jobba ikapp. Men jobbar du när du är sjuk blir du snart sjuk på riktigt och då hjälper vare sig Treo eller ett par dagars sjukskrivning.

Säga ja till allt rektorn säger

Nog kan det ge en extra tia i lädret om du tar på dig alla uppgifter som chefen slänger ut till höger och vänster, och visst blir du populär när du tar dig an uppdrag som ingen annan vill göra. De första åren går det bra. Sen inser du att de där extra tiorna inte riktigt motsvarar din överambitiösa läggning. Innan du vet ordet av ligger du i fosterställning med täcket över huvudet, utbränd och knekt. Rektorn hittar en ny pålägsskalv och du glöms bort.

Den gode läraren, vidbränd, utbränd eller hjälte?

Den gode läraren…

…jobbar inte 45 timmar. Den gode läraren ser inte läraryrket bara som en försörjningsmöjlighet. Yrket är så mycket mer, ett intresse, en mission, ett självförverkligande som ger livet en mer andlig dimension. 45 timmar är bara en varm rekommendation för de sjukskrivna och de mer bekväma.

…sitter inte av tiden på möten. Den gode läraren leder möten och driver frågor med lust och engagemang som om det vore på liv och död. Det finns inget offer som är för stort för att inte komma till ett möte väl förberedd och rustad till tänderna. Och självklart känns det jobbigt att inte få leda mötetet och samtidigt anteckna, hålla koll på tiden och tillrättavisa mindre mötesbegåvade kollegor.

…följer inte den pedagogiska utvecklingen. Den gode läraren går 10 meter före alla andra och skapar de allra senaste och de allra hetaste trenderna inom pedagogik och allt annat som har med skolan att göra. En egen blogg, en nyskriven bok och fullbokad föreläsningsturné är en självklarhet.

…har inte koll på sociala medier. Den gode läraren är sociala medier. Goda exempel måste spridas och det i samtliga digitala kanaler som någonsin funnits. Sharing is caring och den gode läraren bryr sig något alldeles fruktansvärt mycket om sina tusentals följare. Ju fler följare att bry sig om desto duktigare är man. En fin gammal sanning bland like-jägare och klickmonster.

...tar inte på sig extrauppgifter. Den gode läraren skapar extrauppgifter, tar över arbetsuppgifter från mindre tåliga kollegor och spetsar gärna till arbetsuppgifter med ett avancerad utförande.

...har inga problem. Den gode läraren använder alltid ord som möjligheter och utmaningar där andra vill använda ord som resursbrist och nedskärning. Samtidigt Sprider hen gärna asiatisk vidskepelse där kris betyder möjlighet och ångest lycka.

... hämtas tillslut av personer i vita rockar, får äta receptbelagda piller och gå i terapi för att överhuvudtaget kunna dra upp persiennerna om mornarna.

Inspirerande föreläsare eller pedagogiska kvacksalvare?

Pedagogiska kvacksalvare åker land och rike runt och förkunnar pedagogiska sanningar som helt saknar förankring i verkligheten. En pedagogiska upplevelse de haft på 80-talet räcker gott och väl för att ge sig ut på vägarna. De tas emot med öppna armar som helbrägdagörare. Att deras pedagogiska insikter inspireras av skrock och kaffesump är det ingen som reagerar över, inte när det kommer någon som har svaret på undervisningens alla bekymmer.

Nedan följer några varningssignaler du bör vara observant på om du inte vill råka ut för pedagogiska kvacksalvare:

Föreläsaren presenterar en patentlösning på sanningen samtidigt som denne förkastar och förlöjligar allt du gjort de senaste 20 åren.

Föreläsaren lyckas skapa en sektstämning där JA och AMEN är de enda svar som tillåts. Den som höjer ett kritiskt ögonbryn stämplas direkt som kättare, en negativ bakåtsträvare vars lämplighet som lärare bör ifrågasättas.

Föreläsaren visar upp tio böcker hen skrivit. Din skola behöver naturligtvis inte köpa några böcker, men utan dessa biblar riskerar du och hela kommunen att dras ned i den pedagogiska ättestupan.

Föreläsaren predikar om en arbetsmetod som låter för bra för att vara sann. Den ger inte bara toppresultat för eleverna. Metoden löser alla dina bekymmer, allt från kronisk resursbrist till kärringknutarna på sladden till din dator.

Föreläsaren använder trendiga ord i sin predikan. Problembaserad skolutveckling med formativ bedömning som som grund för en ökad måluppfyllelse i en elevnära situationsbaserad ergonomisk kontinentaldriftsmässig ostrondesert. Vackra ord som inte betyder något. Om du inte förstår är det inte dig det är fel på.

Föreläsaren erbjuder en fantastisk lösning på ett problem du inte har. Du får något som du aldrig efterfrågat eller någonsin saknat. Det slutar oftast med minst ett par nyuppfunna arbetsuppgifter som ska trängas i ditt schema.

Om det överhuvudet taget finns någon forskning dessa kringflackande voodoopräster lutar sig mot är den lika tunn stadsmissionens gulaschsoppa. En studie på ett par barn för några decennier sedan räcker för att kunna ge sig ut på vägarna och predika sanningen.

Vem släpper in dem fortbildningen?

4 steg till en bättre skola!

Bojkotta Ernst Kirchstieger

Känslan av ett nytt kök är svårslaget och visst blir man inspirerad av barfotaErnst när han myser på sin nybyggda veranda. Men nog finns det mer angelägna byggprojekt som rot-avdraget kan nyttjas till. Låt landets snickare gå lös på skolorna, istället för att riva ut fullt fungerande kök eller bygga Kirchsteiger-inspirerade farstukvistar. Skolorna är i uselt skick och det finns ingen som helst forskning som pekar på att mögel, 70-talstapeter och flagnande målarfärg förbättrar inlärning. Standarden på de svenska skollokalerna måste bli bättre.

Dumpa SKL

Så länge du inte har ett osunt självskadebeteende eller en stark vilja att leva i martyrskap bör Sveriges Kommuner och Landsting inte få styra ditt yrkesliv. SKL får hitta någon annan att hacka på. De har gott om andra yrkeskategorier att terrorisera. Ingen tror att det blir guld och gröna skogar om staten tar över men de kommer i alla fall inte att drar ned läraryrket i skiten. Det har SKL redan gjort.

Förbättra arbetsmiljön

Elever med egon större än den kommunala budgeten och administration tyngre än en EU-byråkrats portfölj gör det inte lätt för den hårt prövade läraren. Lägg därtill vaktmästaruppgifter, städning, frenetiskt mailande, möten, teknikstrul, nedgångna lokaler och kommunalt kaffe. Det krävs ett pannben av stål och nerver av ännu mera stål för att överhuvudtaget stanna kvar i branschen. Att lärare byter yrke eller blir vidbrända bidrar inte till att lösa krisen i skolan. Arbetsmiljön måste bli bättre!

Öka bidraget

Det blygsamma lilla bidraget som läraren kallar lön är inget som lockar studenter med drömmar om ett liv i ekonomisk trygghet. Visst, du kan leva på din lön, kanske till och med unna dig en räkmacka på stan då och då. Men ska någon vilja bli lärare behövs löner som är högre än vad en gymnasieutbildning kan ge. Och nej, det räcker inte att välja ut några lärare som får dela på statliga allmosor. Ge alla högre lön.

4 saker du INTE bör säga till ditt barn!

Det där med att läsa, ska det vara roligt det? Själv bläddrar jag bara i instruktionsböcker och krogmenyer. Det funkar för mig. Grabben är helt enkelt inte intresserad. Han har ju Facebook, räcker inte det?

Nä, det räcker inte med att kunna läsa felstavade statusuppdateringar och främmande ölsorter på menyer. Ingen föds med läsintresse. Det krävs tid, kraft och vilja att bygga upp en nära relation med böcker. Och jo, det är ansträngande i början, riktigt jobbigt och det blir inte lättare när böcker i hemmet är lika sällsynta som lärare i fikarummet under provsäsongen.

Jo, men jag hade själv bekymmer med räkningen när jag var liten, inte konstigt att grabben är klen i matten. Det där är genetiskt, men det blev ju folk av mig med.

Är ditt barn studieblyg? Ligger hen i ständig konflikt med de oregelbundna verben? Är siffrorna i matteboken lika spretiga som felstavade hieroglyfer? Peppa dit barn istället för att jämföra med dina egna misslyckanden i skolan. Det kanske är genetiskt. Det kanske beror på miljön. Det kanske beror på för lite gröt eller för mycket lördagsgodis. Det spelar ingen roll. Svårigheter i skolan är inte skrivet i sten och som förälder behöver du inte gjuta svårigheterna i betong. För många elever i skolan har en uppfattning om att deras skolgång redan är förutbestämt, att det redan är kört. Detta är ren inbillning. Krav, förväntningar och hårt arbete trotsar de mest hårdnackade generna och leder till studieframgångar.

Jo, det klart skolan är viktig, men det är ju cup i helgen och grabben behöver en sovmorgon. Det vore bra om han slapp idrotten ett tag framöver. Trist om han skadar sig, nu när han har chans att komma in i farmarlaget.

> *En promille av alla som är engagerad i en idrott blir en Zlatan som kan lyfta lön som en bankdirektör. Resten hamnar framför tipsextra med kulmage och grusade drömmar. Hundra procent av alla som engagerar sig i skolan får stora möjligheter till jobb, lön och ett liv som sträcker sig bortom TV-soffan. Skolan är viktigare än något annat i ditt barns liv. Nä, man behöver inte ge upp Thailandsresor, fotboll, dataspel och sovmornar. Det finns 187 andra dagar på året som kan ägnas till det.*

Min son blev faktiskt trippelkränkt, ledsen och djupt sårad av att du bad honom ta ned fötterna från bordet. Visst blev du gubben min? Vi lever i en demokrati, vi har rättigheter och ingen ska komma och tala om för min guldklimp vad han ska göra och inte göra.

> *Degradera inte lärare och andra vuxna till betjänter och servicepersonal av den enklare sorten; guldklimp, demokrati och goda intentioner till trots. Inbilla inte ditt barn att lärarens ord, skolplikten och skollagen är varma rekommendationer som gäller alla andra. Inget barn blir hjälpt av det.*

Är du tuff nog att bli lärare? Testa dig!

Du drabbas håravfall, huvudvärk och ett blodtryck högre än vad laglig medicin klarar av. Vad gör du?

A. Du ser det som ett kvitto på ett väl utfört arbete. Nu gäller det bara att bli lite mer effektiv, jobba några fler kvällstimmar och ta på sig fler arbetsuppgifter. Då ska nog det statliga lönepåslaget bli ditt.

B. Du ägnar några minuter till att kolla din kalender och konstaterar att det inte är alltför många dagar kvar till sommarlovet. Ingen anledning till oro. Du borde klara dig till juni.

C. Du ser över din arbetssituation och försöker prioritera för att få en bättre balans i ditt yrkesliv. Kaffepauser är överskattade och planera kan du göra i bilen till jobbet. Skippar du fikapausen behöver du dessutom inte springa på toaletten flera gånger i veckan. Det är viktigt att prioritera.

D. Du går in till chef och ber om avlastning och en översyn av ditt schema. Kanske det går att få ledigt en eftermiddag i veckan? Kanske det går att anställa någon som kan hjälpa dig med din klass alla bokstavskombinationer? Att du möts av ett nervöst fnitter alternativt huvuddunkningar i skrivbordet är inget att bry sig om.

Du har dubbelbokat två utvecklingssamtal på viktig mötestid med arbetslaget samtidigt som du behöver kopiera prov till nästa dag. Det är slut på papper i kopieringsmaskinen, bokhyllan du tänkte skruva upp står i vägen när socialtjänsten ringer angående en elev. Vad gör du?

A. Du ser det som din stora chans att visa vad du går för. Du drar på dig ditt bästa leende, går in till chefen och förklarar situationen samtidigt som du lite nonchalant visar att du har läget under kontroll.

B. Du pratar med din lenaste röst med kaffeautomaten och lyckas få ut en kopp kaffe. Som den vana pedagog du är rör du i lite extra pulverkaffe medan du bryter upp en ny förpackning Treo. Det kommer att bli en lång dag.

C. Du försöker åtminstone avboka ett utvecklingssamtal. Det är ingen som märker om du uteblir från arbetslagsträffen och kopieringsmaskinen fungerar ändå bäst på morgonen före 6.00.

D. Du går in till din chef och ber om hjälp. Kan någon ringa och avboka utvecklingssamtalen? Finns det en vaktmästare som kan vara behjälplig? Din chef svarar att det inte finns möjlighet för dig att gå ned i arbetstid och att det förväntas att man jobbar på sin arbetstid och inte försöker komma undan.

Det är fredagseftermiddag. När du ska kopiera möts du av en rödblinkande kopieringsmaskin som inte vill samarbeta. Vad gör du?

A. Försöker först åtgärda problemet. Ringer sen supporten som naturligtvis har gått hem för dagen. Efter några timmars googlande lyckas du få fram en manual på tyska. Med ett lexikon och lite tur lyckas du till slut få dina kopior. Du avslutar din fredagskväll med att ta fram ett beslutsunderlag för ett nytt inköp av kopieringsmaskin. På din väg mot ett statligt lönepåslag väger fredagskvällar lätt.

B. Du ger maskinen tre snabba sparkar på vänster sida, kopplar av och på strömmen. Efter några svordomar har du dina kopior.

C. Du vänder i dörren, går hem och hoppas på att någon karriärsugen pedagog löser problemet på måndag.

D. Du ringer din chef och påtalar problemet. Finns det någon som kan komma och hjälpa dig? Det är för sent på dagen för att chefen ska uppskatta sådan typ av humor.

Din skola ska införa ett nytt digitalt system för all dokumentation. Vad gör du?

A. Du anmäler dig som frivillig att leda arbetet med implementeringen av systemet. Självklart leder du alla utbildningstillfällen, gör egna manualer och utarbetar egna förbättringar av systemet. Lönepåslaget har du som i en liten ask.

B. Du förbereder dig med inloggningsuppgifter, supportnummer och Treo. Direktiv från högre instans är inte mycket att gör åt, bara att kavla upp ärmarna.

C. Du slänger inte ditt pärmsystem. Du har varit med förr och är inne på din tredje digitala dokumentationssatsning. Även denna miljonsatsning kommer att överges.

D. Du tittar dig oroligt omkring bland dina kollegor. Är det bara du som saknar dataingenjörsexamen? Att lära sig detta kommer att ta tid, kraft och energi. Vilka veckor kommer vi att avsätta till detta? När du lite försynt frågar din chef får du något osammanhängande mummel till svar.

Det är slutet på maj och du är äntligen klar med de nationella proven. Då upptäcker du att du har arbetat 20 timmar mer än vad du ska, trots kompensationsdagar. Vad gör du?

A. Hur du än räknar får du det bara till 20 timmar. Det är inte mycket att komma med till lönesamtalet. Kanske kan du kontrollrätta proven en gång till och göra egna diagram. Du har ju ändå en lucka på fredagskväll.

B. Du inser bittert att kommunen ännu en gång har snott dig på timmar. Inte mycket att göra åt. Det är ju trots allt buffé på lärarmiddagen. Får försöka ta igen förlusten där.

C. Du skriver de sista profilerna i alla hast och hoppar över allt som kräver mer än ett kryss. Du förlorar tid men tar igen det nästa vecka. Utvärderingskonferensen kan de glömma.

D. Du går till din chef och ansöker om ledigt för att kompensera all övertid. Eftersom det är i slutet av maj är din chef nära ett sammanbrott och inte kontaktbar. Chefens grymtningar och andra märkliga ljud räknas inte som kommunikation,

Räkna ihop dina poäng.
A ger 5 poäng, B ger 4 poäng, C ger 3 poäng, D ger 2 poäng.

26-30 poäng
Du har räknat fel. Läraryrket kanske inte är din grej. Däremot finns det många tjänster på kommunens ekonomiavdelning.

22-25 poäng
Din arbetsmoral är hög och du är beredd att offra dig. Läraryrket är ditt kall.

18-21 poäng
Du är anställningsbar som lärare men har en del utvecklingsområden. Din offervilja kan förbättras.

14-17 poäng
Nja, men det är lärarbrist så du får nog jobb.

10-13 poäng
Du är direkt olämplig. Du sätter din egen hälsa, fritid och familj före kommunens behov.

0-10
Gör testen igen. Hoppa inte över någon fråga.

Därför sänker högre lön lärarkåren!

Fridolin slänger ett köttben till lärarkåren. Några få kommer på grön kvist. De flesta blir åter igen förbisedda. Rena vansinnet att ge lärarna högre lön.

Det är godtyckligt

Ole, dole, doff, Kinke, lane, koff, Koffe, lane, binke, bane, Ole, dole, doff! Visst det finns kriterier, men det spelar ingen roll om alla uppfyller dem. Några ska väljas ut, och det av en rektor som är fullt upptagen med att springa på möten, svara på mail, hålla skolinspektionen stången och byta glödlampor. Om ryggtavlan på din rektor är det enda du får se mellan lönesamtalen får du nog hoppas på tur vid ramsräkningen.

Det ger tappade sugar

Alla duktiga lärare kommer inte att få högra lön. Vad händer med de som inte får högre lön? Kommer de att kämpa ännu hårdare, sitta uppe ännu längre på kvällarna, knapra ännu mer blodtryckssänkande? Nä, knappast. De slutar, alternativt bränner ut sig. Lärarbristen blir ännu värre.

Det ger ökat föräldragnäll

Kommer föräldrarna att nöja sig med en sistelärare som står längst ned i lönelistan? Grannens unge har ju för böveln en förstelärare, klart att min unge också ska ha det. Föräldrar blir ju nervösa om riset som serveras i matsalen inte är ekologiskt, närodlat och handplockat av fackanslutna bönder.

Det delar yrkeskåren

Det lär bli en rätt ansträngd stämning på personalfesterna. Kommer förstelärarna och andrelärarna att mingla tillsammans? Kommer sistelärarna utan lönetillägg att sitta för sig själva pimplandes billigt rödvin? SKL lär jubla. Oenighet bland lärarpöbeln gynnar arbetsgivaren vid nästa löneförhandling.

Det försämrar samarbetet

Lärare ska samarbeta, all forskning, alla styrdokument och alla viktigpettrar inom skolan säger samma sak: samarbete och åter samarbete. Du ska lyckas tillsammans i arbetslaget men belönas för egna bedrifter. Konkurrensen är stenhård, självklart kan man inte låta en kollega lyckas. Ett krokben gynnar din egen karriär.

Det ger bevis för satsningar

Fridolin, kommunpolitiker, SKL och alla andra som tycker att lärare är överbetalda kan luta sig tillbaka. Nu har vi satsat på lärarna. 3000 kr mer i plånboken, vilka andra har fått så mycket? Nu kan vi satsa på undersköterskorna, gratis kaffe till de 50 bästa äldreboendena i Sverige. Det tystar nog gnället från dem.

En bra lärare ska ha en bra lön. Enligt Fridolin finns det bara 60 000 bra lärare. Resten är mindre bra.

Lite märklig ordning. Bör man inte först ta reda på hur många lärare som uppnår kriterierna för en skicklig lärare och sedan ta reda på vad det kostar.

5 saker som föräldrar inte bör göra, och 5 saker de bör göra!

Ditt barn blir frustrerad, bryter ihop och river sönder läxan. Gångertabellerna bråkar och känns som ett Mount Everest i snöstorm

Du bör inte göra ditt barn till en martyr över mänsklighetens alla läxplågor genom att filma sammanbrottet, lägga ut det på Facebook och ondgöra dig över den upplevda akademiska inkompetensen inom skolan. För att lugna nerverna bör du inte skälla ut rektorn, verksamhetschefen och alla som någon gång haft en anställning inom barn- och utbildningsnämnden.

Du bör stötta ditt barn genom grundliga samtal om framgångens smala och krångliga väg som kantas av ideliga motgångar. Att inte kunna är inte farlig, och det är ibland riktigt jobbiga uppförsbackar för den som vill lära sig något. Hjälper det inte kan du alltid prata med ditt barns lärare, gärna innan du anmäler till skolinspektionen.

Ditt barn har glömt en läxbok, en gympapåse eller frukten.

Du bör inte ställa in morgonens möte med din chef, köra 90 km/h genom bostadsområdet och slå ditt personbästa i skolgårdslöpning för att hämta ditt barns glömda pinaler.

Du bör lugnt åka på jobbet i förvissningen om att ditt barn med största sannolikhet kommer att klara skoldagen utmärkt utan sin gympapåse. Att missa gympan eller frukten är ingen höjdare men det ger en lärdom om bättre förberedelser till nästa dag. Curling är en OS-gren inte en föräldradisciplin.

Ditt barn har blivit kränkt å det grövsta i kön till matbespisningen. En av klassens vildskinn tränger sig förbi och tar mat före.

Du bör inte skicka anmälningar till höger och vänster, skälla ut rektorn och aktivera kommunens krisgrupp.

Du bör prata med ditt barn och ta reda på hur hen mår. Visar ditt barn tydliga tecken på välbefinnande går du vidare i livet. Mår ditt barn inte bra, kontakta läraren. Händer det ofta pratar du med lärare och rektor.

Ditt barn kommer hem med mediokra betyg som inte riktigt motsvarar dina förväntningar. Ditt barn har ju trots allt dina gener och din uppfostran.

Du bör inte fråga vad lärare, rektor och samhället gjort för uppoffringar för ditt barns bristande akademiska framgångar. Lika lite som du bör hota om byte av skola, massmedial uthängning och skolinspektionen.

Du bör räkna till tio baklänges på ett minoritetsspråk. När du lugnat ner dig bör du sätta dig in vad som krävs för önskat betyg och fråga dig själv och ditt barn vad ni gjort för uppoffringar för att nå betyg av de bättre bokstäverna. Naturligtvis kan brister förkomma på skolan, men ta reda på detta innan du drar igång ett socialt mediedrev på Facebook.

Du upptäcker att ditt barn undervisas av outbildade lärare.

Du bör inte obekymrad sjunka ned i soffan med näven nedkörd i en chipspåse framför Paradise Hotel, även om ditt barn verkar trivas med den nya vikarien. Att de nästan är lika gamla och förmodligen har samma intressen betyder inte att ditt barns väg till universitetsstudier är säkrade.

Du bör bli rasande arg på politikerna vars styre har skapat ett skolsystem som lärare flyr ifrån. Du bör protestera utanför kommunhuset, demonstrera på gatorna och skriva insändare. Ge dig upp barrikaderna, kämpa tillsammans med andra föräldrar och kräv lärare för ditt barn. Godta inte att ditt barn utbildas av någon arbetslös ungdom som har slut på stämpeldagar. Det är ditt barns framtid det gäller!

4 tips för lärare som inte fick lärarlönelyftet

Dela aldrig en planering, god idé eller en Treotub med en kollega. Kollegialt lärande som förr var ett av de trendigaste modeorden inom skolan är totalt ute. Din närmaste kollega är din närmaste konkurrent. Ett krokben lönar sig mer än en klapp på axeln.

Presentera dig för din chef. Rektorn har ett extremt pressat schema med en kalender mer fullspäckad än tysk julkorv. Både personalstyrkan och personalomsättningen är stora. Förvänta dig inte att din chef känner dig eller dina kvalifikationer väl. Se till att rektorn träffar dig minst lika ofta som hen träffar kommunens ekonomer. Berätta gärna lite om dig själv och dina lärargärningar nästa gång ni springer ikapp i korridoren.

Tryck i dig några extra doser magsårsmedicin och smärtstillande. Kliv upp en timma tidigare och släpa dig till jobbet före alla andra. Självklart stannar du kvar efter dagens sista möte. Lär dig hur skolans larm fungerar. Det ger dig tillgång till kopieringsmaskinen 24 timmar om dygnet. Familjeliv? Du lär känna barnen på sommarlovet och det går alltid att skaffa en ny partner.

Ta på dig skolutvecklande uppgifter och alla andra uppgifter som kommer din väg. Ju fler desto bättre. Se gärna till att dina nyvunna arbetsuppgifter tydligt dokumenteras. Det får inte finnas några tvivel om vem som står bakom de storslagna projekten.

En lärares önskelista

Pisspaus med möjlighet att tömma hela blåsan. Att i lugn och ro även kunna göra nummer två utan rättning kanske är en utopi. Men det kostar inget att drömma.

30 minuter lång lunch som inkluderar tillfälle till att tugga maten, dricka kaffe och lugna nerverna. Gärna en lunch i en lugn miljö med sällskap av personer i vuxen ålder.

Ett it-system som jobbar med läraren och inte ger huvudvärk och flyktkänslor. Varför inte ett program som automatiskt skriver alla administrativa floskler som skolinspektionen kräver?

En extra timme per dygn. Att få 25 timmar per dygn är antagligen mer troligt än att lärarnas arbetsuppgifter skulle minska i antal eller tyngd. Med en extra timme finns stora möjligheter till att planera lektioner, om inte kommunen får nys på den. Då lär det bli en timme extra skrivbordsaktiviteter i administrativ anda.

Få vara ifred utan att politiker, förståsigpåare och andra mindre insatta kommer och talar om hur undervisningens ädla konst ska tillämpas.

Ett lönesystem som inte splittrar lärarkåren, knäcker lärare eller ger rektorer beslutsångest. Inget fel på individuell lönesättning. Men när det börjar skilja för många tusenlappar på för lösa grunder skapar det fler luckor än det täpper igen i lärarleden.

5 nyårslöften en lärare vill höra

Nyktrare syn på inkludering och individualisering

Förr undervisade lärare klasser. Nu undervisas 25 elever där varje individ ska ha egenanpassad service och unik studiegång. Jantelagen kan du glömma. Störst ego vinner. Överallt i samhället och naturen vinner den som kan anpassa sig till rådande omständigheter. I skolan är det tvärtom. Rådande omständigheter måste tryckas ned i en individanpassad IUP unik för varje elev. Bäst lyckas den lärare som har 25 olika personligheter, lika många planeringar och ännu fler timmar på dygnet.

Mer tillit till skolan

Tilliten till skolan är obefintlig, därav kontrollsystem som skolinspektionen. Lärarna tvingas dokumentera för att ha ryggen fri. Ju fler fantastiska floskler du kan trycka ned på ett papper desto säkrare kan du känna dig. Det tar all din tid men när skolinspektionen knackar på dörren är du i alla fall säker om du inte dukat under av tyngden av all meningslös pappersmassa.

Ett lönesystem utan inslag av vansinne och total okunskap

Vi har ett lönesystem som söndrar yrkeskåren, får lärare att sluta, tappa sugen eller bränna ut sig. Bra jobbat, men tyvärr, pengarna räckte inte längre; är inget svar du vill ha på lönesamtalet. 60% av lärarna höll måttet men dög inte för att få upp lönen till anständiga nivåer.

Ingen nedskärning i skolbudgeten

Nedskärning i skolbudgeten kan kallas för allt möjligt: effektivisering av resursfördelningsincitamentet, budgetjustering eller flödeskontroll med ansvar. Alla begriper att svångremmen dras åt och pengar ska sparas. Ingen med ansvar törs säga som det är. Istället används ord som ingen begriper kryddaat med inställsamma leenden. Alla begriper att det inte gynnar elevers strävan mot kunskap.

Datorsystem som är anpassat för användare

Det ska funka 24 timmar om dygnet, inga krångliga inloggningsritualer och absolut inte något som kräver en ingenjörsexamen. Krånglande teknik kostar pedagogtimmar, ingen större kostnad förvisso men det tär på pedagognerverna.

8 tips för att SÄNKA ett skolsystem och KNÄCKA en yrkeskår

1. Låt 40000 oförberedda kommunalpolitiker ta över ansvaret för skolan. Gärna i en tid då besparingar är ledordet för de flesta kommuner. Kommunernas snålhet och dumhet borde på bara några års sikt ge sämre förutsättningar för elever att lära. Undermåliga skollokaler och färre speciallärare brukar göra susen. De dåliga resultaten låter inte vänta på sig.

2. Lämna över ansvaret för lärarnas löner och välmående till Sveriges Kommuner och Landsting. De ser stora pengar att tjäna och en helt ny yrkeskår att kuva. Tryck ned de märkvärdiga lärarna. De ska inte komma och tro att de är något. Ge dem mer arbete, gärna av byråkratisk karaktär och se till att hålla nere lönerna. Det tar tid men det borde knäcka dem eller åtminstone driva iväg de duktiga. Om mindre ett decennium borde du se dalande kunskapsresultat.

3. Skriv en luddig läroplan som kan tolkas precis hur som helt och gärna grundar sig på ett konstruktivistiskt synsätt där läraren förpassas till servicepersonal som absolut inte får förmedla kunskap. Var inte snål med värdeord som "i hög utsträckning" eller "mycket goda". Ju svårare att tolka desto bättre. Det sätter griller i huvudet på lärarna och när de misstolkar läroplanen kan du skylla allt på dem.

4. Bygg upp ett kontrollsystem, gärna en ny myndighet dit föräldrar kan anmäla lärare och skolor. Låt inte kommunen tro att du helt släppt taget om skolan. Rädda lärare och rektorer ger ofokuserad undervisning som i sin tur ger obildade elever. Topp 5 i PISA-rankingen är snart ett minne blott.

5. Genomför lönereformer som bara gynnar några lärare. Bättre sätt finns inte att splittra en yrkeskår. De som inte får ta del av löneökningarna blir ännu gnälligare eller slutar. Lärarbristen ökar än mer och skolan sjunker ytterligare. Missnöjda lärare är en säker biljett till en sämre skola.

6. Släpp fokus på kunskap och låt skolorna koncentrerar sig på värdegrund, miljö, genus, social utveckling, entreprenörskap, lustfyllt lärande och kapsylsamlande. Kunskapsraset kommer som ett brev på posten.

7. Låt skolföretag använda skattemedel till sina vinster. Konkurrens ger föräldrarna makten att välja den skola som fjäskar mest. Låt dig inte luras av att betygskurvan pekar uppåt. Kunskapskurvan går i motsatt riktning. Fjäskande skolledning leder till betygsinflation. Eftersom inget annat land i världen har testat detta är det svårt att förutspå hur illa det kan gå.

8. Begrav lärare med administrativa uppgifter. Tillräckligt mycket pappersjobb släcker deras lust till att lära ut, kväver deras kreativitet och stjäl deras tid från undervisningen. En och annan sjukskrivning lär följa med på köpet. Ett idiotsäkert sätt att sänka kunskapsresultaten.

7 idiotiska åsikter om lärarassistenter!

SKL
En ny yrkeskategori att tukta. Lärarassistenterna borde vi kunna stoppa in någonstans under barnskötarna i lön. Organiseras säkert i Kommunal, easy target med andra ord. Ett billigt sätt att lösa lärarkrisen på. Med rätt marknadsföring riktat till de naiva lärarna kan det här bli en succé. Det gäller att tala till lärarnas lättja. De kommer svälja reformen med hull och hår bara de tror att de kommer att få möjlighet till att gå hem efter lunch.

Kommunen
Lärare light, perfekt att täppa till luckorna i lärarleden med. Billiga och lättrekryterade, räcker ju med att de är ostraffade, och nykter på dagarna. Låter nästan för bra för att vara sant. Kanske arenabygget kan bli av trots allt.

Fridolin
Jo då, jag vet nog vad skolan behöver. Var själv inne och vickade som lärare i början på 2000-talet. Kreativa utbildningspaket, löneökningar för några få och en ny låglönegrupp är rätt medicin för skolan. Jag har själv ett par assistenter och det kan jag varmt rekommendera.

Skolverket
Här behövs nya broschyrer och rekommendationer. Skolreformer brukar slängas ut till kommunerna utan anvisning. Kommunerna tolkar allt fel och vi får rycka in med våra broschyrer i fyrfärgstryck för att förklara för alla som inte begriper. Därefter kurser och utbildningssatsningar för de som fortfarande inte förstår.

Lärarna
Hmm, vi har blivit blåsta av arbetsgivaren i 20 år. Att kommunen skulle anställa assistenter till lärare för att avlasta oss låter för bra för att vara sant. Det skulle betyda mer pengar till skolan. Lika sannolikt som en kommunal uppmuntran.

Föräldrarna
Lärarassistenter? Lärarna är lediga hela sommaren, de går hem efter lunch på dagarna. Nu vill de ha en lärarassistent också. Lärarna måste väl för böveln kunna hämta sitt eget kaffe!

Sveriges Apoteksförening
Ytterst oroväckande! En avlastning för lärarna kommer att synas i våra medlemmars resultatrapporter. Lärarna är trogna kunder och står för en stor andel av vår försäljning av psykofarmaka, värktabletter och blodtryckssänkande.

8 saker som lärarna gör på sin semester!

Få ned blodtrycket
Under sommaren bör du få ned Treo- och kaffekonsumtionen på hanterbara nivåer. Blodtrycket bör sjunka redan efter andra veckan medan adrenalinpåslaget ger sig redan den första. Någon gång i juli blir kaffedrickandet åter en social funktion då kaffet fungerar som ett njutningsmedel. Du behöver inte längre se kaffet som en drog du helst injicerar.

Låta blåsan vila
Du kan dricka obegränsade mängder vatten. Toalettbestyren behöver inte planeras på något sätt. Blåsan får vila under några veckor och du kan lugnt gå på toaletten när du vill. Några veckor innan skolstart bör du dock bli restriktiv i ditt vätskeintag. Det är viktigt att möta eleverna med disciplinerad blåsa som medger sporadiska pisspauser med långa mellanrum.

Uppleva fredagsmyset
Nu finns stora möjligheter att vara vaken längre än till 19.00 en fredagskväll. Ha inte så stora förhoppningar de första veckorna. Det tar lite tid att bli av med pedagog-jetlag men efter ett tag kan du delta aktivt i fredagsmyset.

Vara ledig på söndagar
Nä du behöver inte låsa in dig på söndagarna och förbereda kommande arbetsvecka. Känns det ovant och jobbigt i början kan du alltid låsa in dig och sortera färgpennor, räkna gem eller forma radergummin till abstrakta figurer. Efter några veckor ska du se att söndagar åter blir en del av din ledighet.

Skaffa socialt umgänge

Det är inte säkert att ditt sociala liv finns kvar sedan förra sommaren men stora delar av ditt umgänge borde du kunna återanvända. Din partner kanske har lämnat dig och barnen vuxit till oigenkännlighet. Det är bara att ta nya tag. Facebook är ett ypperligt verktyg att ta igen förlorad tid med. Där finns det mesta om vänner och bekanta dokumenterat, allt från grannens måndagsluncher till avlägsna släktingars bortgång.

Resa

Jodå, det verkar inte så troligt just nu men efter ett tag kommer krafterna tillbaka. Byta miljö är viktigt. Se bara till att boka något barnfritt långt från gnäll, grin och tonårstrots. Är du på gränsen till utbränd bör du överväga en egen kobbe i skärgården, en ensam fjällstuga eller en övergiven skogskoja i någon bortglömd skog i den norrländska glesbygden. Asociala aktiviteter är underskattade.

Läsa böcker som det inte står skolverket på

Börja med enklare reklamblad eller gamla vykort som du redan läst. Efter ett tag kommer du att märka att du inte somnar. Då går du över till lättsamma deckare med meningar uteslutande uppbyggda av objekt och predikat. När du känner dig mogen och om det finns någon ledighet kvar i slutet av sommaren låter du dig utmanas av tyngre litteratur.

Tugga maten

Det tar ett tag att vänja sig med varm mat med tuggmotstånd, och du kommer fortfarande att äta upp före alla andra. Men så sakteliga börjar du känna både smak och sinnesro vid dina måltider. Det dröjer inte länge innan du kan njuta av en kopp kaffe efter maten. Ett kaffe som varken är kommunalt eller ljummet.

5 anledningar för lärare att fortsätta undervisa!

Du gör en extremt viktig insats

Om du är lärare och inte känt dig misslyckad har du antagligen en total avsaknad av självinsikt. Har du inte gråtit efter en lektion så har du antagligen svurit att aldrig någonsin sätta din fot på en skola eller aldrig någonsin beträda kommunal mark igen. Men du repar mod och kliver in i klassrummet dagen efter trots hot, våld och kommunalt kaffe. Som lärare är du viktigare än du någonsin kan ana. Du kanske skickar analfabeter och antimatematiker genom skolsystemet, men just de eleverna kanske aldrig har mött ett annat leende än ditt. Du gör heroiska insatser varje dag. Glöm inte det.

Vem ska annars göra det?

Många vet och har åsikter om hur den oregerliga ungdomen ska bildas och fostras men få känner sig kallade och ännu färre är beredda att offra hälsa, familj och pisspauser för att bära upp den kunskapsnation politikerna utlovar. När pedagogiska floskler, fagra löften och expertkommentarer filtreras bort återstår bara du, din erfarenhet och din bildning. Kan låta skrämmande men det är du som lärare som vet hur barn och ungdomar utbildas, och ingen annan. Trist bara att det inte finns så många kvar av din sort.

Du har ett av de svåraste jobben

Att mäkla en aktie, att lägga upp ett amorteringsfritt lån eller att kakla ett badrum är sannerligen inte lätt. Inget för räddhågsna, men ändå en syssla för de med lagom starka nerver. Att vara lärare är oerhört komplext och svårt. Du kan omöjligt lyckas men du kan göra ett gott dagsverke som får betydelse får många livsöden. Att bilda 30 elever och deras 60 föräldrar kräver sin person, särskilt när alla opedagoger anser att de gör ett bättre jobb. Att dessutom undervisa under hot, våld och svagt kaffe gör jobbet till ett av de svåraste.

Du blir aldrig arbetslös

Visst, det råder lärarbrist och det av en anledning. Ingen uppskattar att jobba bredvid en orutinerad och outbildad kollega som efter två terminer fortfarande tror att lgr 11 är en bruksanvisning till kopieringsmaskinen. Det är inte heller särskilt uppskattat att gå i god för betygsättning av 200 elever som du endast stiftat bekantskap med via elevkatalogen.

Lärarbristen ger dock en del fördelar. Du kan göra lite som du vill, skippa en del möten, låta planer och utvärderingsanalyser hamna längst ned i skrivbordslådan och strunta i uppgifter som inte har med undervisning eller dina elever att göra. Du lär inte få sparken. Skulle din arbetsplats inte motsvara dina förväntningar byter skola. Det finns luckor överallt. Är du missnöjd med lönen byter du arbetsgivare. Det är din arbetsmarknad. Glöm inte det.

Ett fantastiskt yrke

Får du bara förutsättningar till att undervisa, en pisspaus och en halvtimmes lunch är läraryrket fantastiskt.

Hoppa inte av lärarutbildningen, sluta inte som lärare och fortsätt håll pekpinnen varm. Ge inte upp. Utan dig får vi en outbildad pöbel som ser Facebook som kunskapens källa och som hatar alla som vägrar svenska traditioner som att kräkas i en buske på midsommarafton.

Jesus som lärare, sex likheter

Lärjungar/elever

Jesus hade sina lärjungar. Jämförelsen haltar förvisso en smula. Jesus hade inga 30-klasser, han hade inga kända diagnoser bland lärjungarna, han behövde inte skriva några åtgärdsprogram, planer eller LPP:er, och hans undervisning var knappast evidensbaserad. Några utvecklingssamtal eller föräldramöten med lärjungarnas föräldrar förekom antagligen inte heller. Men trots allt detta får man nog säga att han var en pedagog, en pedagog av yttersta kvalitet. Och som den pedagog han var fick han utstå kritik. Både judar och romare hade ju en del att tillägga i debatten när det gällde Jesus.

Sveket

Judas Iskariot svek Jesus för 30 silverpenningar. Sveriges kommuner och landsting, SKL, har svikit läraren på betydligt större summor än så I över 20 års tid har lärarkåren blivit snuvad på en rättfärdig lön, fungerande arbetssituation och akademisk heder. Till skillnad från Judas finns ingen ånger eller vilja till botgörelse. Judas lämnade tillbaka sin penningar, hängde sig och blev förlåten av Jesus. Att lärarkåren skulle förlåta SKL är mindre troligt.

Fromheten

På ett berg i Galileen manade Jesus sin hjord att vända andra kinden till. Något som den svenska lärarkåren mer än väl efterföljer. När besparingar, vansinniga arbetsmetoder och inkompetenta skolbeslut träffat den fromma lärarkinden har kåren reflexmässigt vänt andra kinden till och prisat gud för de fantastiska utmaningar som 20 år av vanskötsel medfört. Jesus var ingen man som brusade upp, använde hårda ord eller blev gramse över småsaker. Men man undrar om han i all sin gudaktiga fromhet ändå inte hade förvånats över lärarkårens extrema blidhet och deras röda ömmande kinder.

Uppståndelsen

På tredje dagen återuppstod Jesus. Han kom tillbaka, fortsatte sin mission och förändrande hela världen. Läraren återuppstår snabbare än så. När pensionen är kommen är hen redan tillbaka efter helgen för att täcka upp som vikarie. Lärarbristen i kombination med fattigpension tvingar tillbaka pensionerade lärare. Jesus drog vidare till himmelriket efter 40 dagar. Lärarens fortsatta gärningar efter pensionen är dock på obestämd tid.

Det osjälviska kallet

Jesus kände sig kallad. Påhejad av gud och driven av en inre ambition undervisade han utan egen vinning, en riktig eldsjäl. Allmosor och andlig spis var hans lön. Läraren förväntas drivas av ett inre kall och påhejas frenetiskt av ett cyniskt SKL. Lönen kommer i form av kommunala allmosor och upplevelsen av tindrande barnaögon som mot all förmodan lärt sig något. De eldsjälar som undervisar idag hamnar inte på något kors, de bränner ut sig.

Nattvarden

Jesus åt sin sista måltid med lärjungarna några dagar innan incidenten med korset. Han tvättade sina adepters fötter och åt i munter stillhet. Läraren brukar flera gånger i veckan svära inför gud och allt annat heligt i världen att det var sista gången lunchen intogs i sällskap av elever. Visserligen slipper den moderne pedagogen att tvätta elevernas fötter, men den stressiga lunchmiljön som ger mer magkatarr än näring kan få vilken god pedagog som helst att önska att det var den sista måltiden.

Jesus tog på sig offerkoftan och gick Golgata fram. Han offrade sig för mänsklighetens väl och ve. Det finns ingen anledning till att lärarkåren ska behöva gå omkring med samma kofta. Dags att räta på ryggen och riva ifrån!

5 trender inom skolan du bör hålla koll på

Katederundervisning

Som en motvikt mot flumskolan där elever på egen hand sökte, upptäckte och i bästa fall tillgodogjorde sig kunskap har katederundervisningen dammats och blivit ett slagord i skoldebatten. Exakt vad kateder-undervisning är vet ingen. Många tror sig veta eller åtminstone ha en aning om vad det nygamla fenomenet innebär. De som vet allra bäst är inte helt oväntat de som står allra längst bort från katedern. Kateder-experternas expertis grundar sig ofta på den egna skolgången under folkskolans glansdagar. Återupptäckten av den kunskapsförmedlande läraren är förstås goda nyheter, men nog förväntar vi oss alla en fin färgbroschyr från skolverket där katederundervisning på ett mycket tolkningsbart sätt beskrivs. Katederundervisning förväxlas ofta av lärare med kateterundervisning, där pisspauser rationaliserats bort.

Extra anpassningar

Sitter du på ett gäng nyskrivna åtgärdsprogram med tillhörande fem-kilos-utredningar är du hopplöst ute. Jo, åtgärdsprogrammen lever kvar, men det i skuggan av extra anpassningar. Nu ska du göra extra anpassningar till höger och vänster. Har en av dina elever tvångstankar om siffran 4 skriver du om matteboken. Är någon studieblyg sänker du kraven, och finns det någon morgontrött elev i din samling lägger du om lektionerna. Du bör ha lika många lektionsplaneringar som du har elever. Glöm klassundervisning. Det är individuell undervisning som gäller.

Digitalisering

Nej, digitalisering är ingen terrorhandling från din arbetsgivare. Digitaliseringen ska hjälpa dig och dina elever till högre måluppfyllelse oavsett vad forskningen säger. Att du samtidigt blir it-vaktmästare, datasupport och utbränd är bara en tråkig biverkning. Om du fortfarande sitter och drömmer dig tillbaka till fornstora dagar då OH-stenciler och Pogo Pedagogs diabilder tillhörde skolans spjutspetsar i teknik bör du nog söka dig bort från läraryrket.

Lyft

Ett lyft kan komma i nästan vilken skepnad som helst. Matematiklyft, lönelyft och ännu nyare språket lyfter är bara några exempel på den artrika floran inom lyften i svensk skola. Alla lyft har samma budskap. Det är något fel på skolan, självklart inte lärarnas fel, men det är ändå lärarna som måste åtgärdas genom massiva utbildningssatsningar. Läraryrket ligger högt när det gäller antal timmar i fortbildning. Eftersom det bara är på papperet blir varje utbildning ännu en betongklump för läraren att bära. Fortbildningen i svensk skola kan mest liknas som att reparera en flygplansmotor när den är i drift 10 000 meter upp i luften.

Kollegialt lärande

Kommunens ekonomer jublar över fenomenet som funnits i skolan några år. En underbetald lärare lär en annan underbetald lärare är den billigaste formen av fortbildning du kan komma undan med. Visst är tanken god. Vi ska lära av varandra. Men att starta en lokal Facebook-grupp där lektionsplaneringar delas, eller en kvällssittning där halvt utbrända förstelärare går igenom de senaste ändringarna i elev.dot.com.2.00 ligger långt från de universitetspoäng du en gång kämpade ihop.

5 yrkestitlar en lärare gärna slipper

Ofrivillig tekniker

Allt som går att stoppa i eluttaget eller som går på batteri kommer förr eller senare gå dig på nerverna. Någon sorts outforskad grundlag ser till att tekniken ständigt krånglar. Wifi-anslutningar försvinner, laddsladdar passar plötsligt inte och elev.nu.dot.com-applikationen tappar bort dina digitala åtgärdsprogram. Visst, du kan stå i telefonkö i kommunens it-support, bläddra i någon obegriplig manual eller tillämpa voodoo men för det mesta står du själv med tekniken. Du är din egen it-tekniker.

Amatörpsykolog

Läsa av människor, förstå människor, ha tålamod med människor, lära känna människor och inte få nervsammanbrott av människor. Ett oöverskådligt antal elever och föräldrar kräver relationsbygge som ligger på gränsen till den mänskliga förmågan. Alla har sina problem, stora som små och naturligtvis är det du som är problemlösaren.

Överutbildad barnvakt

När kollegan är sjuk och specialläraren är på kurs är det inte ovanligt att känslan av barnpassning smyger sig på. Färre pedagoger ger sämre kvalitet i undervisningen och ibland slår pedagogiken i golvet och du räddar dagen med en film. Visserligen har du en lön som motsvarar en barnvaktande tonåring men arbetsuppgiften svarar inte riktigt mot din utbildning.

Förstevaktmästare

Jo, de flesta skolor har vaktmästare och ja, det händer att du träffar vaktmästaren så ofta att du lär dig hens namn. Men allt som oftast står du där själv med en skruvmejsel i fel storlek ihärdigt mekande med någon kommunal möbel från 70-talet. Vaktmästartimmarna är snålt tilltagna och anpassade efter byggnader med regelbundna underhåll. Skolor som inte har sett en pensel sedan Palme var utbildningsminister har ett oändligt behov av vaktmästare. Ett behov som du med din feldimensionerade skruvmejsel försöker tillgodose.

Tvärvetenskaplig expert inom barnpsykologins samtliga diagnoser
I inkluderingens sanna anda ska klassläraren borga för kvalitativ undervisning för samtliga 30 elever oavsett behov. Som lärare springer du på kvällskurser tills du har en gedigen samling av expertkunskap kring de flesta av vetenskapen kända diagnoser. Men hur många goda råd du än får är det svårt att möta autism, add, adhd, aspergers, toruettes, borderline, ätstörningar, selektiv mutism, utvecklingsstörning, depression, ångest och lättkränkthet samtidigt som du ska undervisa en hel klass.

4 utbildningar lärare inte klarar sig utan – glöm Fridolins kunskapslyft!

Hantering av hot och våld

Glöm de rosenkindade barnen i Bullerbyn som på sin höjd kittlade Kerstin på Sörgården. Verklighetens skolgård är betydligt brutalare. Du förväntas använda din kropp som sköld mot allehanda våldsutbrott. Agerar du inte hugger skolinspektionen. Agerar du riskerar du att göra fel och då hugger också skolinspektionen. Få lärare vet hur man hanterar våld från elever och hot från skolinspektionen. Det krävs en vaktutbildning eller en militär närstridsutbildning på högre nivå.

Inkluderingens ädla konstart

Om inte inkludering är en konstart så är det i alla fall ett konststycke eller någon form av trolleri på gränsen till det övernaturliga. Tanken är förstås god, att alla elever ska vara med oavsett behov. Problemet är att när inkluderingsivern nådde de svenska klassrummen glömdes en liten detalj bort. Ingen talade om för lärarna hur det skulle gå till. **Det krävs en utbildning som berättar hur en lärare ensam ska undervisa i en klass på 25 elever inklusive diverse bokstavskombinationer, diagnoser och alla andra barn med särskilda behov.** Tobbes trollkarlsskola alternativt psykologprogrammet är att föredra. Och nej det räcker inte med att sätta in någon arbetslös ungdom som resurs. Ett omfattande kunskapslyft behövs.

Tröskelpedagogik

En lärare ska planera lektioner, genomföra lektioner och reflektera över lektioner. Fina ord du får med dig från dina akademiska studier. Tyvärr glömde de att påtala bristen på tid att göra just detta. Reflektioner gör du i realtid när dina elever sågar dina primitivt planerade lektioner genom ett huvudvärksbringande stök. Möten, dokumentation och ett it-system som aktivt jobbar mot dig gör att du måste planera dina lektioner i samma ögonblick du går över tröskeln till ditt klassrum. **Minst 30 poängs universitetsstudier i tröskelpedagogik borde vara ett minimikrav för samtliga inom lärarkåren.**

Undvika sjukskrivning och en ohälsosam Treokonsumtion

En svår disciplin inom läraryrket. Hur undviker du att köra slut på nerver, ork och förstånd? Hur spänner man sina organisatoriska muskler och levererar ett kraftfullt nej när kalendern full? Hur prioriterar du bort arbetsuppgifter vars enda resultat är en rejäl huvudvärk? Hur upptäcker du väggen innan du träffar den på det brutala sättet som ger dig en långsjukskrivning? **Lärarkåren är i akut behov av en utbildning där man får lära sig att rakryggat säga nej.**

5 saker du inte fick lära dig på lärarutbildningen!

Lärarutbildningen är gedigen och av god kvalitet men det är några saker den medvetet eller omedvetet missar i sin mission att fostra kommande pedagoger.

Träna upp blåsan

Att kunna hålla sig är en viktig förmåga. Tillfälle ges sällan under dagen och dagen kan vara obarmhärtigt lång. Se till att vara ordentligt tömd innan arbetsdagen börjar, drick inte vatten i onödan och fyll hellre en liten kopp med starkt kaffe än en stor med kaffeblask. Om du nu nödvändigtvis måste gå; glöm inte ta med en kaffekopp, dator och lite rättning.

Ät snabbt

Vare sig du äter med elever eller inte är tiden för lunchintag kort. Behöver du skala potatis eller bena en fisk är det mer eller mindre kört. Tuggad mat är överskattad, kall mat går ner fortare och smörgåsar går att äta i farten. Har du tur serveras överkokt pasta med någon tunn skinksås. Då finns möjligheter för en kopp kaffe efteråt.

Skollagen ska snarare ses som en rekommendation än ett påbud

Ingen annanstans är svensk lag så svag som i skolan, norrländsk glesbygd inräknat. Visst, ambitionen att följa lagen finns där men det som ytterst styr skolan är pengar, pengar och pengar. Du har friheter att styra över din undervisning så länge du håller dig till ekonomins råmärken. Det är inte elevers behov som styr resursfördelning eller stödinsatser, som lagen föreskriver. Nä, det är kronor och ören som styr, ingenting annat.

Högt blodtryck, håravfall och sömnlösa nätter är inte ett sjukdomstillstånd
Det får räknas in som kvitton på hårt arbete. Dock räknas det inte in i lönesättningen. Du måste själv se till att klara livhanken eftersom ingen annan märker när du haltar. Faller du ifrån finns det alltid någon arbetslös ungdom som kan ta din plats. Ta hand om dig!

Planering av lektioner – gärna, men inte inom din arbetstid
I utopins vackra värld, som målas av verklighetsfrånvända låtsasforskare, föregås varje lektion av seriös och omfattande planering med lokala pedagogiska planeringar i fyrfärgstryck. Verkligheten sopar undan alla tankar på en gedigen planering. Tröskelpedagogiken är en realitet du bör smärtsamt bör acceptera, åtminstone om du har ett liv utanför klassrumsdörren. P.g.a. möten, administration och krånglande datorsystem får du finna dig i att panikbläddra i matteboken 30 sekunder innan lektionen börjar.

Sex överdrivna brister i skolan

Bristande arbetsmiljö

Att lärare sjukskriver sig så fort de får lite huvudvärk kanske säger mer om yrkeskåren än om arbetsmiljön. Att de inte kan riva i åt en stökig klass eller jobba heltid utan att nerverna klappar ihop kan man knappast lasta arbetsmiljön för.

Lärarbrist

Ingen saknar en lärare i juli samtidigt som hösten känns avlägsen. Ingen anledning till oro för en modern kvartalsekonomi. Dessutom finns massor av arbetslös ungdom, långtidssjuka och hemlösa att fylla luckorna med. De är dessutom betydligt billigare än de överbetalda lärarna. Ren vinstaffär med andra ord. Det är positivt tänkande som gäller. Se möjligheter istället för problem. Det är annat det än fackens pessimistiska propaganda.

Bristande ledning

Det råder definitivt ingen brist på ledning. Tusentals kommunpolitiker, en handfull riksdagspolitiker, tjänstemän med för mycket makt, mellanchefer och rektorer. Listan kan göras lång på folk i ledande positioner i skolbranschen. Vi har ett komplicerat och unikt ledningssystem där ansvar inte kan krävas av någon, förutom lärarna. Vattentätt, idiotsäkert och utan brister.

Brister i läroplanen

Flummig, svårtolkad och svår att förstå? Bara om du är ordblind och har någon form av begåvningshandikapp. Den är genialisk skriven eftersom den avsäger sig allt ansvar från toppen av skolbranschen. Blir det fel är det en smal sak att skylla på lärarna som har misstolkat, missförstått eller misstagit sig. Att den finska läroplanen är tunnare, enklare och tydligare är inte så konstigt. Den är ju skriven på finska. Det är svårt nog.

Brister i lönesystemet

Med vårt världsunika lönesystem för lärare ser vi inga som helst brister. Vi har fyra lönekategorier; förstelärare, lönepåslagslärare, mediokra lärare och obehöriga lärare. En fin trappa att fjäska sig uppför. Får vi bara tillräckligt många mediokra och obehöriga lärare blir lärarlönerna ingen större belastning samtidigt som vi satsar stort på löner. Som att äta kakan, ha den kvar och samtidigt sälja den.

Kunskapsbrister

PISA, TIMSS och alla andra test med oförklarliga förkortningar, vad mäter de egentligen? Inte visar de en lysande budget, ett fantastiskt lönesystem eller en gedigen elevdokumentation. Dessutom är resultaten egentligen riktigt bra med tanke på den låga kvaliteten på lärarna.

7 sätt för kommunen att lösa lärarbristen

Sveriges Kommuner och Landsting har nu äntligen fått lärarna dit man vill ha dem, nedtryckta i skorna. SKL har i över 20 år försämrat lärarnas arbetsmiljö och pressat deras löner. De har varit så framgångsrika i sina ambitioner att trycka ned lärarna att vi nu har en brutal lärarbrist som slår hårt mot eleverna.

Här följer några tips till SKL:

> Hitta en annan yrkesgrupp att terrorisera. Varför inte rörmokarna, ingenjörerna eller juristerna? Lärarkåren börjar tunnas ut och har redan lagt sig platt. Finns inte mycket mer där att göra.

> Sluta sopa problemen under mattan och låtsas som att allt är bra. Bara för att de har hittat en skola i Enskede med arbetsro, höga resultat och friska lokaler betyder det inte att alla skolor fungerar.

> Göra ett längre studiebesök på Nya Zeeland. Gärna i några år och mer än gärna tillsammans med skolinspektionen. Varför Nya Zeeland? Längre bort än så går det inte att komma från svensk skola.

> Inse att förhållandet till lärarna mer påminner om ett tvångsäktenskap med slavliknande inslag än en jämlik parrelation med ömsesidig kärlek och respekt. En skilsmässa är enda lösningen.

> Bläddra åtminstone i skollagen och förstå att den är mer än bara varma rekommendationer. De utslitna lärare som finns kvar bör

ges möjlighet att följa skollagen i lika hög utsträckning som de följer budgeten.

Sluta skylla problemen i skolan på lärarna. Inställningen att lärare är lata, studieblyga och inkompetenta hjälper inte. Några få elevers misslyckande kan skyllas på lärare. När bildningen är på tillbakagång för hela generationer bör man nog misstänka ett smärre systemfel.

Hyra en ö i Västindien, ta med Skolinspektionen och ta en lång semester, gärna utan returbiljetter. Kan låta dyrt, men lärarna betalar mer än gärna.

Listan kan göra längre men kan också sammanfattas i en enda mening. SKL har dragit ned lärarkåren i skiten och nu har de den lärarbristen de förtjänar.

Ska vi lösa lärarbristen kan inte SKL fortsätta ha ansvaret för skolan och lärarna.

5 nyårslöften till lärarna, nu vänder det!

Högre löner
Nu ska lönerna upp och vi pratar tusenlappar, inga kaffepengar. Det kan vi lova. Vi låter varje skola välja ut 4-5 lärare som får en rejäl löneökning. Var och en kan ju förstå att vi inte kan satsa på alla lärare. Det vore omdömeslöst och inte särskilt kostnadseffektivt. Vi måste alla ta ansvar för en nykter och sansad ekonomi. Dessutom vill vi inte riskera att satsa på medelmåttor. Bara de bästa ska ha riktig lön. Om du bara anstränger dig lite mer, slutar att gnälla och att sjukskriva dig finns det goda möjligheter för en extra slant i plånboken.

Bättre arbetsmiljö
Vi lovar att förbättra lärarnas arbetssituation. Stress, huvudvärk och högt blodtryck tar vi farväl av under 2016. Vi kommer att satsa på stresshanteringskurser för samtlig personal. Du kommer långt med ett leende, positiv anda och kollegors ryggdunkar. Dessutom kan vi avslöja att vi i dagarna har tecknat ett avtal med stor en apotekskedja. Du kommer att kunna inhandla Treo, Losec och blodtrycksmedicin till mycket förmånliga priser.

Inga fler köpstopp
Ett löfte som vi är stolta över att presentera. Nu är det slut på köpstopp i våra skolor. Beroende på hur ekonomin ser ut kan det bli restriktioner och förbehåll, men inga köpstopp, åtminstone inte under vårterminen.

Tid till undervisning
Jo, du läste rätt. Mer tid till att planera och genomföra lektioner, och till att reflektera. Vi kommer att se till att alla skolor inte larmas före 23.00 på kvällarna vilket ger dig möjlighet att vara kvar länge och planera. Vi lägger in tre extra lektioner i veckan så att du hinner med det centrala innehållet, och vi kommer att ge ut en mycket gedigen blankett som hjälper dig att reflektera, bara att fylla i och kopiera i tre exemplar.

Renovering av lokaler

Underhållet har varit eftersatt under några år, men det råder vi bot på under 2016. Upphandlingen är klar. Ett lettiskt byggföretag kommer att leverera, färg, takpapp och spik till riktigt bra priser. På fortbildningsveckan i juni tar ni med gemensamma krafter fram pensel och hammare. Glöm inte att arbetsglädje är dubbel glädje. Både du och ekonomerna blir glada.

Gott nytt år önskar vi all servicepersonal

SKL

Lucia, en strid skolan omöjligt kan vinna

Natten går tunga fjät, runt gård och stuva. Läraren bryter ihop och rektorn står vid skampålen. Sankta Lucia.

Betyg och PISA-resultat rasar, inga problem. Obehöriga lärare och vikariestopp, trist men ingen katastrof. Kommunala besparingar och inställda lektioner, kunde ha varit värre. MEN nåde den skola som stökar om i Luciatåget. Då reagerar föräldrar, ilskna brev till rektorer, upprop på sociala medier och tårdrypande historier och kränkta föräldrar som blivit berövade på det svenskaste av det svenska, den italienska Lucian. Lucia är ett krig skolan omöjligt kan vinna.

Tillåter vi att även pojkar kan vara Lucia är vi traditionssabotörer som medvetet förstör julen för föräldrarna. Tillåter vi inte att pojkar kan vara Lucia är vi demoniska bärare av det heteronormativa samhället genom att cementera könsroller.

Saknar Luciatåget pepparkaksgubbar är vi rasister för att vi på något långsökt sätt har försatt mörkhyade i utanförskap. Har vi pepparkaksgubbar i tåget är vi också rasister. Vad ska de stackars somalierna säga om vi gör narr av mörkhyade.

Firar vi Lucia i kyrkan är vi religiösa antidemokrater som kränker alla som inte har den kristna tron. Firar vi inte Lucia i kyrkan förstör vi våra uråldriga traditioner, med horder av identitetskrisande ungdomar som följd.

Kanske är det dags att fira Lucia som vi gjorde förr om åren. Då skolan firade Lucia för elevernas skull och inte för föräldrarnas.

Det här önskar sig läraren av tomten!

Julen står för dörren och tomten är redo att dela ut klappar. Nu är det tveksamt om det finns någon lärare som vid den här tiden på året har ork och tid till att skriva en önskelista. Kanske skulle en önskelista till tomten se ut så här:

Pauser
Ett toalettbesök under ordnade former, en kopp kaffe med kollegialt samkväm och en lunchstund utan hetsätning är värdefull återhämtning. Blygsamma krav kan tyckas men ack så viktiga. Står högt på önskelistan.

Uppgradering av skolsystemet
Dags att tanka hem skola 2.0. Visst har det kommit en del produktförbättringar sedan 1842 års skolreform. Men de senaste uppgraderingarna har krävt alldeles för mycket processorkraft och slukat allt arbetsminne med ständiga systemfel och krascher till följd. Dags att ladda ned ett skolsystem som är användarvänligt, stabilt och som har kunskap i fokus.

Nya lokaler
Vi som minns 70-talet vill helst bara minnas 70-talet. Inte återuppleva det igen och igen. Visst, de utsvängda jeansen är borta, Hola bandoola band spelar inte längre och batikmönstrade blusar ligger begravda längst in i garderoben. MEN i skolorna lever 70-talet kvar med sina färger, sin inredning och arkitektur. Skolorna är slitna och nedgångna och borde i många fall inte renoveras, snarare rivas. Det behöver inte vara lyx och flärd eller någon mysig Ernst Kirchsteiger-installation. Funktionellt, inga grälla färger och utan mögel räcker gott och väl.

Attitydförändring
Jo, kunskap kan vara jobbigt. Det är ansträngande att gå i skola, och jo, hårt arbete är ett direkt krav för att få höga betyg. Blir du blöt i pannan är

det svett och det är inte farligt. Ser du en tjock bok utan bilder behöver du inte bli rädd. En attitydförändring till skola, kunskap och hårt arbete står högt upp på önskelistan. Ett bra liv med många valmöjligheter kräver en bra utbildning, en bra utbildning kräver en bra skola, en bra skola kräver en bra lärare. En bra lärare kräver att du gör ditt bästa. Gilla kunskap och skola.

Mindre arbetsbörda

Nä, det är inget tecken på vare sig lathet eller lättja när en lärare lite försynt ber om en sundare arbetssituation. Den lärare som inte får möjlighet planera sina lektioner gör ett dåligt jobb, svårare än så är det inte. Någon gång under skolevolutionen blev helt plötsligt möten, administration och kontroll viktigare än undervisningen. Bort med meningslösa arbetsuppgifter. Less is more.

Klagomur

Hem och skola, det var föräldrasamverkan det. Ibland kunde man få en försynt fråga angående en julavslutning eller en friluftsdag. Idag har föräldrar större makt än lärarna, rektorerna och självaste Fridolin. De tvekar inte att styra över lektioner, betyg och allt annat som hör skola till. De allra flesta föräldrar förstår sitt barns bästa och har en sund relation till skolan. Men det räcker med några få föräldrar för att sänka en klass, knäcka en lärare eller bara ställa till allmän oreda. En klagomur vid varje skola där föräldrar kan gnälla och tycka synd om sig själva en stund borde vara praxis.

Ska verkligen läxor få förstöra fredagsmyset?

Läxa eller inte? Fredagsmys eller gångertabeller? Dags att sätta ner foten och granska argumenten.

Läxor skapar onödiga konflikter hemma

Knappast läxornas fel att vuxna har problem med föräldrarollen. I ett samhälle där bekvämlighet och fredagsmys är fundamentala hörnstenar är det förstås jobbigt att gå i konflikt med sina barn och kräva att de anstränger sig. Tyvärr ingår det i föräldraskapet hur besvärligt det än är.

Läxor är inte rättvisa

Alla har inte förutsättningar för att göra läxor hemma. Sant förvisso, men de som inte har möjligheterna hemma blir knappast hjälpt av att ingen annan heller får göra läxor. I något sorts absurt rättvisetänk är det bättre att alla har det lika dåligt istället för att de flesta har det bra och de som inte har det bra får hjälp. Om det är något som är orättvist så är det väl alla de barn som inte har förutsättningar till att lära som inte får någon hjälp i skolan. Och nej, att skriva åtgärdsprogram är inte detsamma som att hjälpa.

Läxor är verkningslösa

Forskningen spretar som vanligt. Det är bara att välja den forskningsrapport som passar in i den egna agendan. När det gäller läxor visar den övervägande forskningen att läxor har positiv betydelse för inlärning. Till och med Hattie, den svenska skolans husgud, anser att rätt form av läxa har betydelse. De som anser att läxorna är verkningslösa anser också att de är orättvisa. Två argument som strider mot varandra.

Läxor stjäl fritid från barnen

Idrottsträningar, kompisar, sociala medier, dataspel, tv, musik, föna håret och peta sig i navel. De flesta aktiviteter kommer långt före skolan i prioritet. Kanske måste man skippa en träning i veckan eller kanske rent av – hemska tanke – skära ned på skärmtiden för att hinna med läxan. Ju mer fritid du har som ung desto mer fritid som arbetslös kommer du att få som vuxen.

Läxor är banne mig inte roligt. It hurts a little but you learn a lot.

Mobiler och andra viktiga problem i skolan för Fridolin

Mobiltelefonproblematiken riskerar att driva den svenska skolan rätt in i analfabetismens mörka avgrund. Som tur är har den pedagogiske kraftkarlen Fridolin tagit tag i problemet. Här följer andra mycket viktiga frågor att ta itu med:

Papperssvalor har varit ett otyg i svensk skola under en lång tid. På senare tid förekommer de som flygplan och inte sällan med militära undertoner. Vilket mandat har den arme läraren som dagligen tvingas bemöta detta arroganta hyfs? Får papperssvalor beslagtas, kanske till och med destrueras? Här behövs en utredning eller rent av en kommission. Inte konstigt att den förslappade ungdomens dekadens är på frammarsch i våra skolor.

För många lärare är **feltempererat kaffevatten** droppen som får kaffekoppen att rinna över. Hur svårt ska det vara för kommunen att levererar 94 grader? De flesta ligger inte ens inom det av EU rekommenderade intervallet 93-96 grader. Inte konstigt att lärare slutar.

På bara några år har **kvaliteten på åtgärdsprogrammen** sjunkit kraftigt. Förr var det fyrfärgstryck på 80 grams-papper med vattenstämpel. Nu får eleverna i bästa falla nöja sig med dassiga kopior på återvunnet papper. Inte konstigt att resultaten sjunker.

Många lärare känner hopplöshet och vanmakt över **kvalitetsredovisningarnas dåliga kvalitet.** Ingen kvalitetsuppföljning säkerställer kvalitet i kvalitetsredovisningarna. Det är inte roligt att jobba i en skola om man inte vet hur kvalitativt bra den är. Inte konstigt att skolorna är så ojämlika.

Skolavslutningen i det heliga **kyrkorummet har upprört många.**
Denna, den viktigaste dagen på hela skolåret, måste få tydligare riktlinjer.
De stackars föräldrar som aldrig annars går till kyrkan eller skolan måste
ges tillfälle att fira de svenskaste av alla svenska traditioner. Samtidigt
vill vi ju inte tvångskristna människor vilket är vanligt förekommande
vid skolavslutningar. Hur gör vi här? En statlig utredning krävs. Inte
konstigt att rasism och ogudaktighet florerar i våra svenska skolor.

Nä, du Fridolin. Sluta att förolämpa skolan med att lägga energi på
småsaker. Lärarbristen är akut, arbetssituationen är katastrofal och
lärarlönerna ett hån. Där har du något att lägga energin på.

Texten skrevs som en reaktion mot politikers ständiga vilja att
detaljstyra skolan. I politiken läggs möda på dem mindre
frågorna istället för att renovera hela skolsystemet. Inte ens Ernst
Kirchsteiger kan rädda ett fallfärdigt torp med billig färg och
goda intentioner.

Sex anledningar till varför lärare INTE ska ha högre lön

1. Läraryrket är kvinnodominerat. I Sverige har vi en lång tradition av att ge kvinnor lägre lön. Det är viktigt att hålla fast vid seder och bruk. Varför ska just lärare bryta mot detta?

2. Liksom prästerskapet drivs lärare av ädlare syften än en världslig lön i kronor och ören. Deras gärningar är ett kall, en mission som ger en inre tillfredsställelse och är den grund varpå samhället vilar. Vad skulle hända om lärarna plötsligt blev karriärister och började räkna pengar om nätterna i stället för att skriva åtgärdsprogram?

3. Även lärarna måste ta sitt samhällsansvar. Om de ska ha högre lön vill alla andra också ha. Ett logiskt resonemang eftersom ingen vill ligga lägre än en lärarlön. Akta så att inte krisen kommer och tar dig.

4. Drömmen om att lämna korp-hockeyn och lira puck mot riktiga ishockeyspelare är något som brinner i varje östersundares hjärta. Hur ska den drömmen kunna slå in om alla kommunens pengar ska gå till lärarnas löner? Arenor är inte billiga att bygga.

5. Lärarnas huvudsyssla är inte längre undervisning eller uppfostran. De ägnar mer tid åt administration än åt eleverna. Sådant bör inte premieras. Byråkrater och pärmkramare har vi tillräckligt av i vårt land.

6. I lärarnas yrke ingår ett visst mått av kunskapsförmedling. Kunskap är tråkigt, jobbigt och något man bara plockar fram vid prov. I ett land där en smartphone är var mans egendom är kunskap av mindre betydelse. Det du inte kan googla är inte värt att veta. Lägg hellre extra lön på telefontillverkare.

Visst är det bekymmersamt att ingen längre vill bli lärare och att lärare hoppar av, men i ett land som är i ekonomisk balans gör det inget att medborgarna är analfabeter.

Denna text publicerades 18 april 2012 som en insändare i Östersundsposten. Det var den allra första texten skriven av Skrivbordspedagogen. Texten blev viral och spred sig i de sociala medierna snabbare än vinterkräksjukan på en förskoleavdelning. Här får jag erkänna att rubriken utformades som ett riktigt klickbete. Sex lockar alltid och de provocerade orden " …inte ska ha högre lön" gjorde nog många tillräckligt förbannade för att klicka på rubriken. Rubriken lockade till klick och innehållet lockade till delning. Själv blev jag lockad till att skriva mer.

Litterära bloopers

"… du kramar upp kön till kassan på ICA då den mer liknar en folksamling än en snövit linje."
    sid 41

"Vare sig du äter elever eller inte är tiden för lunchintag kort."
    sid 111

"Visst finns det en och annan nucka i lärarleden."
    sid 69

"Bygg en rejäl pyttipanna redan från morgonen, låt den svalna och drick det ljummet."
    sid 14

"Texten blev en spiral och vred sig i de sociala medierna snabbare än vinterkräksjukan på en förskoleavdelning."
    sid 127

"Jesus som sexlärare, likheter."
    sid 102

"Ingen rakar en lärare i juli samtidigt som hösten känns avlägsnad.
    sid 113

"Ung, fisk och benlös är en olaglig kombination för den som vill jobba heltid."
    sid 59

"Det är inte säkert att socialen finns i ditt liv sedan förra sommaren…"
    sid 99